이 원 규 　 포 토 에 세 이

나는 지리산에 산다

이 도서는 한국출판문화산업진흥원의 '2020년 출판콘텐츠 창작 지원
사업'의 일환으로 국민체육진흥기금을 지원받아 제작되었습니다.

나는 지리산에 산다

글·사진 **이원규**

발행일 | 2021. 1. 11

발행처 | **Human & Books**
발행인 | 하응백
출판등록 | 2002년 6월 5일 제2002-113호
서울특별시 종로구 삼일대로 457 1409호(경운동, 수운회관)
기획 홍보부 | 02-6327-3535, 편집부 | 02-6327-3537, 팩시밀리 | 02-6327-5353
이메일 | hbooks@empas.com

ISBN 978-89-6078-730-8 03810

이 원 규 포 토 에 세 이

나는 지리산에 산다

Human & Books

1 나는 23년째 입산 중이다

사람의 시간, 하늘의 시간　11

지리산에서 빈집 구하기　16

"나는 루저다!" 행복한 반란　23

태어나기 좋고 죽기에도 좋은 곳　26

몽유운무화, 나도 꽃이다!　30

별들의 여인숙, 나의 '별나무'　38

섬진강 첫 매화 '소학정 매화'를 아시나요　46

"꽃만 말고 매화향을 찍어봐" 할매화, 할(喝)매화!　51

'노예', 노동하는 예술가들　55

눈을 감아야 더 잘 보인다　59

친구, 내 슬픔을 등에 지고 가는 사람　65

사진가 고 김영갑 형, 그대 몸속의 지수화풍!　71

2 야생화가 나를 살렸다

섬진강, 문득 돌아보는 당신의 눈빛　89

할미꽃, 봄비 따라 길 떠나는 꽃상여　95

봄은 속도전이다　102

'붉은 립스틱' 물매화와 금강초롱꽃　109

심봤다! '조선 남바람꽃' 자생지 발견　118

중국 황산의 '몽필생화'가 부럽지 않다　132

진도 자란과 반려동물 천도재　140

벚꽃 그늘 아래 '밭두렁 사진전'　152

'땅 한 평 구하기' 인터넷 사진전의 기적　159

3 살아 춤추는 지상의 별

별빛은 어둠에 예의를 갖추고 189

'별사냥', 은하수를 찾아서 193

지리산 천년송과 강원도 자작나무숲 203

'별사냥'과 작은형 212

대륙여행, 영하 30도의 바이칼 호수와 몽골 220

"봄꽃이여, 너는 이미 다 이루었다!" 235

폐사지의 석탑과 천년의 별빛 242

바이칼 호수 은하수 아래 단체사진을 찍다 251

반딧불이, 살아 춤추는 '지상의 별' 259

칠월칠석 밤하늘의 UFO를 찍다 268

섬진강 첫 은하수 278

수경 스님의 공양게송 283

미얀마의 야자수 밀키웨이 293

반딧불이 혼인비행 301

은하수와 만성 두드러기 304

시여, 그러나 나는 아직 너를 모른다 309

1

나는 23년째 입산 중이다

사람의 시간, 하늘의 시간

지리산 입산 후 날마다 되새기는 문장이 있다.

"우리가 오기 전에도 지리산은 있어왔고, 우리가 떠난 뒤에도 섬진강은 유장하게 흐를 것이다……."

숨가쁜 마음이 한결 웅숭깊어진다. 생의 한철 머물다 가는 나그네로서 초심을 잃지 않으려 애써 보는 것이다. 따지고 보면 천 년 전에도 더울 때는 덥고 추울 때는 추웠을 것이다. 지리산과 섬진강이 언제나 암수한몸이었듯이 나 또한 지리산 마고할미의 품에 안기거나 섬진강변에 깃들어 어느덧 23년 동안 잘 놀고, 잘 먹고, 잘 울고, 잘 잤다. 때로는 외롭고 서럽고 아프고 슬펐으며 그리고 늘 가난했지만 이 또한 오래된 친구처럼 받아들였다. 그동안 지리산의 빈집을 떠돌며 여덟 번 이사를 했다. 지리산 골짜기나 산비탈에 살다가 지겨우면 강변마을로 내려가 살았다. 다시 때가 되어 섬진강 건너 백운산 자락의 외암마을에 새 둥지를 마련했다. 철새처럼 살다가 40년 된 빈집을 구하는 바람에 텃새처럼 날마다 아주 조금씩 집수리를 했다.

지리산에 기대어 날마다 섬진강 너머로 바라보던 백운산, 막상 이곳에 오니 지리산이 더 잘 보였다. 지리산의 속살을 제대로 느끼고 맛보려면 아주 천천히 지리산 옛길이나 섬진강변을 걸어야 하고, 지리산의 큰 품을 보려면 덕유산이나 백운산에 올라야 한다. 어쩌면 사람과 사람의 관계, 그 적당한 거리 또한 이와 다르지 않을 것이다.

돌이켜보니 비가 오는 날이면 어김없이 지리산 남부능선의 형제봉에 올랐다. 안개와 구름 속에 이따금씩 얼굴을 내미는 야생화들을 사진으로 담으려고 애를 썼다. 우비를 입은 채 해발 1천 미터 능선에서 하루종일 야생화를 들여다보다 아예 텐트를 치고 야영하기도 했다. 이렇게 찍은 사진들이 바로 '몽유운무화夢遊雲霧花' 연작이었다.

그리고 유장한 섬진강이 눈에 밟힐 때마다 구례의 오산 사성암에 오르거나 하동군 악양면의 구재봉 활공장에 올랐다. 초여름 하지 무렵이면 지리산 형제봉과 백운산 사이로 흐르며 온몸으로 노을빛을 받아내는 섬진강이 더없이 황홀했다. 노을빛 내리는 섬진강과 때마침 모내기가 막 끝난 평사리의 무논과 부부송은 그야말로 진경산수가 아닐 수 없다.

하지만 날마다 섬진강 노을을 볼 수는 없다. 노을빛 또한 '사람의 시간'으로는 어찌해 볼 수 없는 '하늘의 시간'天時이기 때문이다. 조급해지는 마음을 조금씩 가라앉히며 순리와 역천逆天에 대해 깊이 생각하다보면, 하늘은 어느 순간 거짓말처럼 황홀한 노을빛의 정수를 보여준다.

날마다 수백 장의 사진을 찍었지만 모두 지워버렸다. 7년 동안 단 3장의 사진이라니! 그중 하나가 섬진강 위로 쏟아지는 빛내림 사진이다. 그날도 너무 흐려 삼각대를 접고 돌아서려는데 문득 구름 사이로 햇살이 쏟아져 내리기 시작했다. 정신없이 뷰파인더를 들여다보며 셔터를 눌렀다. 저무는 섬진강이 그 빛을 받아 환하게 살아나기 시작했다. 그야말로 황홀경이라는 말, 살아있음이 축복이라는 말을 실감했다. 사람의 시간은 스스로 때를 만드는 것이고, 하늘의 시간은 무작정 때를 기다리는 것이다. 오랫동안 집중해 온 '별나무' 사진 시리즈 또한 하늘의 시간이 준 선물들이 아닐 수 없다.

길은 내가 직접 가봐야 비로소 길이 된다. 이따금 눈 쌓인 산길을 걷다가 돌아보면 발자국 또한 나를 따라온다. 산 아래의 내가 산꼭대기의 나를 만나러 가는 길이다. 그러니까 나는 산 아래에도 있고 산 위에도 있으며, 숨가쁘게 산을 오르는 길 위에도 있다. 저 눈 덮인 산정의 나를 만나러 오르는 길이나 속세의 나를 만나러 하산하는 길이 서로 다르지 않다.

"행여 지리산에 오시려거든 등산登山은 말고 입산入山하러 오시라!" 등산은 인간의 정복욕과 교만의 길이지만 입산은 자연과 한몸이 되

는 상생의 길이다. 누구나 정복해야 할 것은 마음속 욕망의 화산火山
이지 몸 밖의 산이 아니기 때문이다.

그리하여 나는 아직 23년째 입산 중이다.

지리산에서 빈집 구하기

　일생 나의 집이 없었으니 오히려 여러 마을 많은 집에 살아봤다. 지리산 한 바퀴 휘돌아보면 모두가 고향 같다. 전남 구례의 섬진강변 용두리와 마고실, 피아골과 문수골, 전북 남원의 실상사 지혜방, 경남 함양의 칠선계곡 입구 의탄마을, 경남 하동의 화개장터 인근 중기마을이 나의 둥지였고, 그러다 섬진강 건너 전남 광양시의 외압마을에 안착했다.

　최소 1년 이상 봄 여름 가을 겨울을 살아봐야 그 마을의 지수화풍地水火風을 읽고, 사람의 말을 알아들을 수 있다. 그래야 뭐라도 조금 쓸 수 있었으니 한 번 이사를 할 때마다 졸작이지만 시집 혹은 산문집 한 권 정도는 낸 셈이다. 잠시 머물다 떠나는 집 한 채와 책 한 권, 생계에는 아무 도움도 되지 않았지만 그래도 아직은 굶어죽지 않았다. 따지고 보면 밑천도 별로 들지 않았으니 참으로 신명나는 장사가

아닌가.

1998년 봄, 사표를 던지고 서울역에서 전라선 밤기차에 올랐다. 구례구역에 내린 뒤 미리 봐둔 토굴까지 시오리 길을 걸어갔다. 섬진강 변 어느 비구니 스님의 수행처, 잠시 먼길을 떠난 빈집이었다. 경북 문경 출신인 내가 아직 전라도 구례 말을 잘 알아듣지 못하던 시절이었다. 백년 된 먹감나무에 의지하던 날들이었으니 바로 뒷집할머니가 유일한 '친구'였다.

나는 할아버지 돌아가신 지 30년이 넘은 수절과부에게 섬진강 은어를 잡아주는 아직 젊은 서방이었다. 할머니 또한 내게 물김치를 담궈주는 우렁각시였다. 워낙 소녀처럼 내외를 하는 할머니인지라 언제나 내가 없을 때에만 출입을 했다. 비가 오는 날이면 빨래를 걷어다 툇마루에 놓아두고, 콩조림 등을 흰 접시에 담아 그 위에 감잎 세 장을 덮어놓았다. 그러면 나도 사탕이나 과자 등을 접시에 담은 뒤 감잎 세 장을 덮고는 밭일 나간 할머니 집의 툇마루에 가져다 놓았다.

어쩌다 10킬로그램이 넘는 알밤 자루를 머리에 이고 장에 가는 할머니와 마주치면, 나는 그 자루를 빼앗다시피 해 모터사이클에 싣고는 구례장에 나가 팔아다 주기도 했다. 겨우 3만 원 정도에 불과했지만, 할머니는 기어코 내가 없는 사이에 막걸리 한 병을 툇마루에 두고 갔다.

지리산에서 두 번째 이사를 한 피아골 입구의 외곡리 조동마을은 겨우 세 가구가 사는 참으로 아름다운 마을이었다. 지금도 산비탈에

여섯 가구 정도만 옹기종기 모여 산다. 거기에서 나의 닉네임이자 당호인 피아산방彼我山房을 스스로 지었다. 피아골의 이미지가 '피밭골'을 의미하는 직전稷田이 아니라 한국전쟁을 거치며 반공영화 제목처럼 피아간의 전투를 연상케 했다. 어차피 이럴 바에는 피아를 전쟁의 이미지가 아니라 상생의 의미로 살리기 위해 '너와 나의 산방'이라는 뜻의 피아산방을 쓰기 시작했다. 그때부터 다른 곳으로 이사를 해도 당호는 언제나 피아산방이었으니, 지금까지 열쇠나 자물쇠 없이도 잘 살아왔다.

그리고 남원시 산내면 실상사에서도 살아봤다. 수경 스님과 도법, 연관 스님과의 시절인연으로 '지리산 댐 백지화'를 위해 함께 했다. 천년고찰 실상사의 지혜방에서 2년 동안 묵었으며, 칠선계곡 앞에 있는 경남 함양군 마천면 의탄리의 가겟집 2층에서 살기도 했다. 지리산에 기대어 그야말로 '산짐승처럼' 자유롭게 살아보았으니 지리산에 대한 보답으로 무언가를 해야 했다. 그때 스스로 내린 답이 바로 환경운동이었다. 하지만 너무 오래 머물지는 않았다. 지리산 댐 계획이 수면 아래로 가라앉고 '범국민적인 지리산 위령제'를 지내는 등 어느 정도 성과가 나타나자 모든 짐을 내려놓고 구례군 문척면의 강변마을로 넘어갔다.

죽연리 마고실은 지리산과 섬진강의 조망 1번지인 '오산 사성암' 바로 아랫마을이다. 당시 여섯 가구 정도가 사는 '지도에도 잘 나오지 않는' 마을이었다. 강변 벚꽃길이 참으로 아름다운 그곳에서 2년

넘게 살았지만, 사성암이 유명해지고 '벚꽃축제 노래자랑'이 바로 마을 앞에서 벌어지는 등 소란스러워졌다. 나는 다시 구례군 토지면 문수골 입구의 산중 외딴집으로 거처를 옮겼다. 무덤 일곱 기가 집을 둘러싸고 있는 빈집이었지만 전망이 아주 좋았다. 집 바로 뒤에 밤밭이 있었는데, 어느 날 지리산 반달가슴곰이 내려왔다가 죽는 사건이 발생했다. 밤밭 주인이 멧돼지를 잡기 위해 설치한 올무에 반달곰이 걸려 죽는 바람에 9시 텔레비전 뉴스에 나오기도 했다.

그러나 그 집에서는 결국 쫓겨나고 말았다. 잠시 집을 비우고 '한반도 대운하 반대, 어머니의 강을 모시는 종교인 순례단'의 총괄팀장을 맡아 먼길을 나설 때였다. '4대강을 살리자'며 103일간 도보순례를 마치던 날 밤 여러 차례 전화를 받았다. 서울의 집주인 어머니는 다짜고짜 "이유를 묻지 말라. 골치 아프니 아예 집을 사든지, 아니면 당장 집을 비워달라"고 했다. 이 집의 주인아들은 모 대기업의 간부였다. 아무래도 그 어떤 압력을 받은 것으로 보였지만, 나 또한 더 이상 묻지 않고 '다만 떠날 때가 되었다'는 생각으로 다시 빈집을 구하기 시작했다.

몇 군데 후보지를 둘러보다가 마침 섬진강 건너에서 봐도 두 눈에 확 들어오는 집이 하나 있었다. 그 집이 바로 일곱 번째 이사한 경남 하동군 화개면의 중기마을이다. 강 건너 멀리서 보아도 분명히 빈집일 것이라 직감했다. 마당 빨랫줄에 노란 빨래 하나가 걸려 있었는데 '산 자가 아니라 죽은 자의 것'으로 보였다. 예감은 적중했다. 사흘 뒤

확인해보니 할머니가 돌아가신 지 6개월이 넘은 빈집이었다. 그 노란 빨래는 죽은 자의 것이 아니라 친척 한 분이 마당의 풀을 베다가 걸어놓은 수건이었다. 참으로 어렵게 부산에 사는 집주인을 알아내 결국 이사까지 하게 됐다. 내 집을 사는 것도 그러하지만 남의 빈집에 사는 것 또한 시절인연이 아니고서는 도대체 이뤄질 수 없는 일이다.

이렇듯 그동안 빈집 구하는 데도 거의 달인 수준이 되었다. 우편집배원 아저씨와 막걸리 한 병 나눠 마시며 "그 마을 할머니 돌아가시면 알려주세요. 내가 살러 갈 테니" 하고 굳이 부탁할 필요가 없을 정도에 이르렀다. 지리산에 살다보니 '반풍수'의 눈으로도 척 보면 앉을자리가 보이고 빈집인지 아닌지, 빨랫줄에 무언가 나부껴도 산자의 것인지 죽은 자의 것인지 대충 알게 되었다.

"나는 루저다!" 행복한 반란

세월은 흘러 이제는 지리산에서 돈 없이 빈집 구하기는 '라이언 일병 구하기'나 '로또복권 당첨되기'보다 어려울 정도가 되었다. 그동안 섬진강과 지리산 주변의 땅값은 천정부지로 올랐다. 귀농 혹은 귀촌 바람이 결과적으로 자본주의식 투기 개념으로 변질되기 시작한 것이다. 그 결과 신성했던 논밭이 대지 등으로 형질변경 되는 과정을 겪으며 날마다 '공사 중'인 것이다. 가슴 아프지만 이것이 지금 지리산과 섬진강 주변의 현주소다. 지리산에 들어가 살기도 만만치 않고, 자기 집이 없으면 견디기 어렵게 된 것이다.

나 또한 이미 23년 전에 박봉우 시인의 '서울 하야식'처럼 그럴싸하게 지리산으로 입산한 듯하지만 사실은 그 자체가 이미 스스로 선택한 루저의 길이었다. 무엇 하나 제대로 할 줄 아는 것도 없고, 가진 것도 없었다. 돌이켜보면 무한질주 욕망의 기관차에서 내밀려 떨어진

것인지, 스스로 뛰어내린 것인지 알 수 없으나 낙오자는 낙오자일 뿐
이었다.

　나름대로 '작은 것이 아름답다'는 등의 생태주의 논리와 다양성
의 시대를 예감했다지만 당시 그것은 아직 미몽에 가까웠다. 사실은
겨우 '자발적 가난'이라는 허울 속으로 온몸을 구겨 넣었을 뿐이다.
다만 '돈 안 벌고 안 쓰거나 덜 벌고 덜 쓰며' 산짐승처럼 살아남는
데 겨우 성공했으니 천만다행이 아닐 수 없다.

　실제로 도시를 벗어나 지리산에서 살고 싶어 하는 이들 대다수는
나처럼 경제적, 육체적, 심리적인 루저들이 대부분이다. 암이나 아토
피 등으로 몸이 아프거나, 자녀들이 학교에 적응하지 못하거나, 실직
을 당하거나, 사업이 망하거나, 자본주의적 조직이나 대인관계에 상처
를 받거나, 실연이나 이혼을 하는 등 계기는 참으로 많다. 문제는 이
러한 상황들에 대처하는 자세다. '우물쭈물하다 내 이럴 줄 알았다'
가 아니라 정면에 서서 인생의 전환점으로 삼느냐 마느냐에 달려 있
는 것이다.

　언젠가 이런 편지를 쓴 적이 있다. "잠시 가던 길을 잃었다고 무어
그리 조급할 게 있는지요. 잃은 길도 길입니다. 살다 보면 눈앞이 캄
캄할 때가 있지요. 그럴 때는 그저 눈앞이 캄캄하다는 것을 인정하는
것, 바로 그것이 길이 아니겠는지요. 사실 따지고 보면 우리는 언제나
너무 일찍 도착했으나 여태 꽃 한 송이 피우지 못했습니다. 그것이 원
통할 뿐입니다."

인생은 실패나 실수를 적극적으로 인정할 때 다시 길이 열리는 법이다. 지리산까지 내려와서 스스로 루저가 아닌 척하느라 땀을 뻘뻘 흘리다 보니, 사람의 향기 대신 악취가 나는 것이다. 가지 않은 길, 가지 못한 길에 너무 많이 마음을 주면 내내 불행할 뿐이다. 후회도 꼭 필요할 때만 의미를 갖는다. 날마다 후회만 하는 사람은 내일 또 안절부절못하며 후회만 한다.

어느 곳에서든 자신이 주인이며, 지금 여기가 가장 중요한 곳이 아닌가. 가는 곳마다 주인이라는 뜻의 수처작주隨處作主나 지금 이 순간을 즐기라는 뜻의 카르페 디엠Carpe diem은 상통하는 말이다. 스스로 처한 상황을 인정하면서 당당하게 "그래, 나는 루저다!" 소리치는 순간, '행복한 반란'은 이미 시작된 것이다.

태어나기 좋고 죽기에도 좋은 곳

그동안 이 골짜기 저 골짜기의 빈집들을 떠돌며 살다 보니 이제야 지리산의 지수화풍을 조금 알 것도 같다. 사람이 살 만한 곳과 죽어서 묻힐 곳, 사내의 기개를 드높이며 고함이라도 지르고픈 기운생동의 봉우리나 능선, 차분하게 지난 생을 반추하며 걸어볼 만한 옛길, 그리고 때로는 슬픔을 억누르다 못해 폭포수처럼 혼자 울기에 좋은 계곡 등이 눈앞에 선하다. 이처럼 지형적인 등고선이나 지명, 역사문화적인 것뿐만이 아니라 한 개인의 정서적 개념을 나타내는 새로운 지도를 그려보는 것도 참 의미 있을 것이란 생각을 해본다.

사실 누군가의 가슴에 얼굴을 묻고 펑펑 울 수 있다는 것은 행복한 일이다. 이처럼 꼭 사람이 아니더라도 '울기 좋은 곳'이나 '죽기 좋은 곳' 하나쯤 남몰래 가슴속에 품고 산다는 것은 절망의 구심력이 아니라 희망의 원심력에 가깝다. 단지 스쳐 지나가는 배경이 아니라 자연과 한몸으로 교감하는 삶의 현장, 바로 이곳에서 세상을 둘러보면 날마다 누군가 새로 태어나기에도 좋고, 누군가 죽기에도 참 좋은 날들의 연속이 아닌가.

그리하여 나그네나 철새는 따로 집이 없다. 날마다 도착하는 그 모든 곳이 바로 집이기 때문이다. 별 새삼스러울 것도 없는 이 사실을 알아채고 따라하는 데 참으로 오랜 세월이 걸렸다. 누구나 그럴듯한 집 한 채 장만하는 게 간절한 소망이겠지만, 바로 이 어처구니없는 욕망 때문에 인생의 대부분을 허비하고야 말 것인가?

대답은 의외로 간단명료했다. 텃새처럼, 아니 이미 새가 아닌 닭처럼 철망 속의 둥지에 깃들여 살 것이냐, 철새처럼 풍찬노숙의 길을 갈 것이냐 하는 선택의 문제였다. 어차피 집과 집을 이으면 길이 되고 그 길의 마지막 집은 무덤이 아닌가. 그리하여 나는 이미 오래 전에 이 집이라는 해괴한 물건을 포기했다. 이 세상의 모든 집을 안식처가 아니라 과정의 길로 만들고 싶었다.

분명 나의 지리산 입산은 도약이 아니라 한없는 추락을 자처한 내 인생의 마지막 번지점프였다. 서울살이 10년 동안의 환멸과 권태라는 은산철벽을 단숨에 깨뜨리는 '자발적 가난'의 외통수였다. 날아오르기보다는 차라리 추락의 자유를 꿈꾸었고, 비굴한 현실 안주보다는 도피와 잠적이었고, 무책임하다는 질타를 받더라도 더 늦기 전에 스스로를 끝까지 밀어붙이는 백척간두 진일보의 해방과 자유를 꿈꾸었다.

텃새에서 철새로의 몸바꿈은 쉽지 않았지만 또 그리 어려운 것만도 아니었다. 한 마음을 내려놓으니 또 그만큼의 빈터가 생기는 것이었다. '서울 하야식' 혹은 '지리산 입산'은 단 한 번의 예행연습으로 끝냈다. 사표를 내고 보름간의 서울역 노숙자 생활, 이 극약처방이 주효했다. '돌아보지 말자, 더 이상 돌아볼 가치도 없다. 서울이 대변하는 아수라지옥을 빨리 벗어나자' 되새김질하며 단돈 200만원을 들고 구례구행 전라선 밤기차에 올랐던 것이다.

다만 내 집을 소유하지 않는 대신 모터사이클을 집으로 삼았으니, 나는 집을 등에 지고 다니는 달팽이가 아니라 집을 타고 다니는 바람의 아들, 한량처사가 되었다. 되도록 아무것도 쓰지 않고, 아무 일도 하지 않고, 내내 잠만 자다가 일어나 주먹밥을 싸들고는 산짐승처럼 지리산 골짜기들을 헤매고 다녔다. 생의 한철 돈 없이도 내리 3년 동안 잘 놀았다.

그 이후로도 10여 년 넘게 5대강을 돌며 3만 리 이상을 걸었고, 모터사이클을 타고 한반도 남쪽의 국도며 지방도며 110만km, 지구 27바퀴 이상의 거리를 달렸으니 인간 내비게이션 수준이 되었다. 여한이 없지만 그렇다고 멈출 것인가. 아니다, 목숨이 붙어 있는 한 싸돌아다닐 것이다. 지리산의 큰 골짜기만 해도 30개 정도가 되니 다 살아보려면 1년에 한 번씩 이사를 하더라도 30년은 더 걸린다. 요절의 꿈은 버린 지 오래됐으니 최소한 일흔 살은 넘게 살아야하고, 오프로드 모터사이클을 타고 야영을 하며 전국의 비포장도로를 다 가보려면 대충 잡아도 10년은 더 걸릴 것이다. 날마다 도착하는 그곳이 바

로 살기에도 좋고 죽기에도 좋고, 사랑하며 싸우기에도 좋은 바로 그
곳이 아닌가.

몽유운무화, 나도 꽃이다!

비바람이 불고 먹구름이 밀려오면 날마다 산에 올랐다. 하산이 아니라 입산이었다. 밤낮 가리지 않고 산정의 먹구름을 기다리며, 심심계곡의 물안개를 기다리며 다시 입산의 자세를 가다듬었다. 펜 대신 카메라를 들고 시중화 화중시詩中畵 畵中詩의 자세로 '시를 찍고 사진을 써보려' 애를 썼다.

모터사이클을 타고 전국 곳곳의 토종 야생화를 찾아가 그 꽃 옆에 텐트를 치고 야영을 했다. 금강초롱이며 동강할미, 물매화 등 야생화 한 송이가 피었다가 질 때까지 그 꽃 옆에서 '시묘살이 하듯이' 지켜보았다. 이른 새벽부터 한밤중까지 쪼그려 앉아 지난 생을 돌이켜 봤다. 석회암 뼝대 위에 꽃을 피운 동강할미꽃을 보며 일평생 생과부로 고생만 하다 먼길 떠난 어머니를 떠올리고, 바닷가 보랏빛 순비기 꽃을 보면서 스무 살도 못 채우고 연탄가스로 죽은 덧니 예쁜 혜경이가 보고 싶었다.

내가 야생화에 깊이 빠진 것은 순전히 내 몸을 살리기 위해서였다. 3만 리 순례의 후유증으로 어느 날 내가 내 몸을 일으키지 못하는 날이 있었다. 낙동강과 지리산 도보순례, 새만금 삼보일배, 생명평화 탁발순례, 대운하 반대 4대강 순례, 지리산에서 임진각으로 이어진 오체투지 등 여러 순례단의 총괄팀장을 맡아 10여 년 가까이 길바닥에 천막을 치고 살다보니 노숙인처럼 면역력이 떨어졌다.

웬만한 일에는 이골이 났으니 견디고 또 견뎠지만 내 몸을 좌우로 뒤집지도 못하는 고통이 찾아오자 덜컥 겁이 나기도 했다. 처음엔 폐암말기라는 진단을 받고 보니 '이렇게 갈 수도 있구나' 하는 생각이 들면서 참 어이가 없었다. 아내에게 숨긴 채 '지리산 어느 골짜기로 들어가 아무도 모르게 생을 마감할 것인가' 나 혼자 궁리를 했다.

그러다 낌새를 챈 아내에게 이끌려 큰 병원에 가게 됐는데, 시티 촬영 등 정밀검사 결과 폐암이 아니라 결핵성 늑막염이었다. 참으로 황당한 일이었다. 담당의사가 "요즘은 약이 좋아져 보통 6개월이면 되지만, 너무 방치한 탓에 9개월은 고생해야 한다. 그런데 재발하면 끝이다"고 했다. 피식 헛웃음이 나왔다. 지리산으로 흔적도 없이 사라진 고운 최치원 선생이나 우천 허만수 선생을 꿈꾸다가 그 흔하디흔한 비련의 주인공도 되지 못한 꼴이 됐다. 곧바로 등 뒤에 구멍을 뚫고 호스를 집어넣은 뒤 흉수를 870밀리리터 가량 뽑아냈다. 하루에 세 번씩 한 움큼의 독한 약을 꼬박꼬박 챙겨먹는 환자가 되었다. 날마다 붉은 피오줌이 나오니 공중화장실에서 소변보는 것도 민망했다.

　내 몸이 아프고 보니 환경이나 생명평화 운동 등 거대담론이 제 아무리 옳아도, 사람과 국가와 민족의 일이 제 아무리 소중해도 이 땅에 끈질기게 살아남은 야생화 한 포기와 크게 다를 바 없다는 생각이 들었다. 슬슬 몸을 움직일 수 있게 되자 약봉지와 카메라를 챙겨들고 산으로 갔다. 모든 일을 작파하고 모터사이클을 타고 전국 곳곳의 야생화들을 찾아다녔다. 저마다의 꽃 이름을 되새기며 흙과 물과 바람과 햇빛을 읽으려 노력했다. 각양각색 꽃빛을 사진으로 담아내기 위해 이른 새벽에서 밤까지 날마다 삼천 배를 했다. 나의 야생화 사부인 김인호 시인의 말처럼 '꽃 앞에 무릎을 꿇었다'.

　아무 말이 없는 야생화 옆에서 시를 쓰다가 찢어버리며 침묵의 날들을 보냈다. 그러다가 어느 날부터 안개와 구름 속의 야생화를 담기 시작했다. 맑은 날의 꽃들이 너무 상투적이고 식상해진 것이다. 야생화 사진가들도 매너리즘에 빠져 있는 듯했다. 맑은 날 꽃빛 좋을 때만 사진을 찍고, 흐리거나 비가 오거나 어두워지면 하산했다. 그래도 명색이 시인인데 이것은 아니다 싶었다. 비가 와도 꽃은 피고, 아무도 안 봐주거나 보이지 않아도 안개와 구름 속에서 꽃은 피어나니 좀 힘들지만 이 꽃들을 품어보고 싶었다.

　이 세상 아수라지옥에 살아도 날마다 꿈결 같았으니 나의 관심사는 이름하여 몽유운무화夢遊雲霧花를 찍는 것이었다. 그동안 전국의 멸종위기 및 희귀 야생화를 거의 다 찾아내 사진으로 기록했다. 그러다

보니 조금 다른 관점의 사진을 찍고 싶었다. 그 하나의 주제로 설정한 것이 바로 짙은 운무 속에 문득 얼굴을 내미는 야생화들이었다.

장마철 산행에 깊이 빠지면서 자주 '청학동 전설'이나 '무릉도원' 혹은 '몽유도원도'를 직접 목격했다. 세종의 셋째 아들인 안평대군이 무릉도원 꿈을 꾸고는 그 내용을 안견에게 그리게 했다는 몽유도원도는 말 그대로 꿈속의 일을 이미지화한 것이다. 하지만 나는 날마다 지리산의 구름 속에서 이를 직접 체험했다. 먹구름이나 그 지독한 산안개 속에서 얼굴을 반쯤 가린, 아니 얼굴을 반쯤 내민 야생화들을 만나는 것은 실로 꿈결 같은 일이었다.

산정의 구름과 안개를 자세히 보면 기류에 따라 블랙홀처럼 빨려 들어가는 곳이 있다. 산정의 구름 속에 갇혀도 이중삼중 구름의 결이 보이고, 새벽안개도 그 흐름과 농도가 수시로 바뀐다. 그 찰나에 야생화가 얼굴을 드러내기도 하고 완벽하게 가려지기도 한다.

'구름 속의 산책'이 아니라 아예 푹 빠져서 헤어나지 못할 때까지, 이 세상에서 완벽하게 지워질 때까지 기다리고 기다렸다. 우비를 입고 카메라를 품고 있다가 지독한 산안개가 밀려오면 그 속에서 얼굴을 슬쩍슬쩍 내미는 야생화들을 마구 찍었다. 숨 막히는 통정, 오래 꿈꾸던 장면이 아닐 수 없었다. 숱한 시행착오와 끈질긴 집중력으로 '몽유운무화'를 하나씩 만날 수 있었다.

몽환적인 사진 한 장을 건지기 위해 야영을 하기도 했다. 우중의 산정에서 한 송이 꽃 앞에 쭈그려 앉아 아홉 시간을 기다린 적도 있다. 970장 정도를 찍어 겨우 단 한 장을 건지기도 했다. 우비를 입고 다시 우산을 받쳐 들어도 속부터 후줄근하게 젖어오고, 온몸에는 이끼와 버섯들이 피어나는 듯했다. 밤낮 가리지 않고 모터사이클을 타고 비바람 몰아치는 비포장 산길을 오르다 구르기도 하고, 갈비뼈에 금이 가기도 했다. 임도 끝에 바이크를 세워두고 빗속의 산행을 감행하기도 했다.

두려워서, 두렵다 못해 먹구름을 피하며 살다보면 오히려 난데없이, 피할 겨를도 없이 폭우를 맞게 된다. 돌이켜보니 나의 지난 생이 그러했다. 그런데 어느 순간 발상의 전환, 인식의 전환을 하면서부터 차라리 '먹구름 우산' 하나를 장만하기로 했다. 역발상을 해보면 먹구름은 오히려 이 세상에서 제일 큰 우산이 아닌가. 한 번 젖은 나무와 돌은 더 이상 젖지 않고, 한 번 젖은 자 또한 더 이상 젖지 않는 법이다. 비와 먹구름, 산안개에 깊이 빠지고 보니 날마다 폭우의 산정이 그리워졌다.

실로 오랫동안 몽유운무화를 찍기 위해 짙은 운무에 빠져 살다보니 내 얼굴을 드러낼 때가 언제인지, 내 마음을 가려야 할 때가 언제인지 알 것도 같았다. 그리하여 한동안 더 운무 속에서 '즐겁게' 궁리하며, '신명나게' 전전긍긍하는 날들을 이어갈 수 있었다.

제아무리 짙은 운무가 드리워도 민초 혹은 민중의 현신인 야생화는 마침내 이렇게 환한 얼굴을 드러내는 법, 그대와 나 또한 슬프고 아플수록 어느 순간 이렇게 빛나는 꽃이었다.

　이름하여 '몽유운무화'라는 컨셉으로 5년 정도 작업을 했다. 혼자 이불을 덮어쓰고 우는 여자처럼 안개나 구름 속에서 꽃은 피고 또 지는 것이니 내가 나를 보듯이 '시를 찍고 카메라로 썼다'. 하지만 안개와 구름 또한 아무 때나 오는 것이 아니었다. 미리 예측하고 예감하고 끊임없이 기다려야 했다. 인간의 시간을 넘어 천시天時를 꿈꾸는 날들이었다. 그러다보니 어느새 내 몸의 병도 마치 아무 일 없다는 듯이 다 나았다. 그러니까 나의 건강은 야생화들이 지천명의 선물로 준 셈이다.

　그리고 다시 5년 정도 한밤중에 '별 사냥'을 다녔다. 비와 안개와 구름 속에 너무 오래 천착하다보니 온몸이 습해져 귀기가 서리고 이끼가 자라는 듯했다. 좀 더 양명한 기운을 찾아 별빛 총총한 밤이면 빛 공해가 없는 오지를 찾아다녔다. 감나무, 오동나무, 소나무, 수양버들 등 토종 나무를 찾아다녔다. 이름하여 '별나무' 시리즈를 시작한 지도 어느새 6년째가 됐다. 밤마다 나무 아래 누워 '우주의 언어' 혹은 허만하 시인의 시집 제목처럼 '언어 이전의 별빛'을 탐색했다. 밤마다 별빛 샤워를 하며 기가 막힌 정수리부터 발바닥 용천혈까지 별침을 맞았다.

　10여 년 동안 저자거리를 벗어나 안개와 구름 속의 야생화와 천년 폐사지의 별빛을 보며 지난 생을 복기했다. 문단의 술자리를 피하다

36

보니 오해도 많이 받았다. 그래도 말더듬이처럼, 한글을 처음 배우는 아이처럼 가갸거겨 시를 쓰기 시작했다. 그리하여 다시 발로 쓰는 족필足筆의 시를 꿈꾸었다. 다만 가더라도 내가 먼저 가고 그 뒤에 발자국처럼 시가 나를 따라오기를, 그동안 쓴 시를 불태워 시가 좀 더 빛나기를!

별들의 여인숙, 나의 '별나무'

　별이 빛나는 밤마다 별나무 사진을 찍으러 전국의 오지마을을 찾아다녔다. 이따금 사람들이 물었다. "왜 안개와 구름 속의 야생화냐. 차라리 별을 찍으려면 히말라야나 몽골에 가면 좋지 않겠느냐?" 그럴 때마다 짧게 한마디로 대답하기에는 심사가 참 복잡했지만, 사실 그 답은 아주 간단명료했다. "갈수록 별들이 잘 안 보이게 된 나라에 살기 때문입니다".

　어릴 적에는 우리나라에도 히말라야처럼 많은 별들이 떠올랐다. 그런데 나이가 들수록 잘 보이지 않았다. 그렇다고 별이 뜨지 않는 것도 아니었다. 나는 천문 사진이 아니라 주로 밤의 나무를 중심으로 별들이 떠오르는 '별나무' 사진에 집중했다. 밤에도 매화꽃과 오동나무 꽃은 피고 늦가을의 감나무들은 외등처럼 홍시들을 주렁주렁 매달고 있다. 안 보인다고 아예 보려하지도 않으니 밤의 꽃나무는 존재하지 않았다. 물론 네팔이나 몽골의 별밤이 더 선명하겠지만 그 또한 상투적이지 않은가. 누구나 자주 볼 수 있는 별밤이라면 굳이 지난한 작업을 할 이유가 없다. 그런데다 몽골이나 시베리아 등은 우리나라처럼 멋진 산능선과 계절마다 아름다운 꽃나무들이 없다.

인공위성에서 바라본 대한민국은 너무 환하다. 밤이 없다. 우리나라에서 별들이 잘 안 보이는 것은 바로 이 광해光害 때문이다. 안타깝게도 윤동주 시인의 '별 헤는 밤'은 이미 우리나라의 풍경이 아니다. 역설적이게도 '별들의 적은 불빛'이었다. 빛은 사물을 더 잘 보이게도 하지만 때로는 공해가 되기도 한다. 밤마다 대한민국이 불야성을 이루니 별들이 잘 보이지 않는 것이다. 도시가 아닌 농촌이나 어촌에도 가로등이 밤마다 불야성을 이룬다. 밤하늘을 볼 생각도 하지 않고, 아예 별을 바라볼 엄두조차 낼 수가 없다.

그리하여, 오히려 잘 안 보이는 별사진에 집착했다. 별들을 잊고 사는 이들에게, 아예 보려고도 하지 않는 사람들에게 별빛을 보여주고 싶었다. 안 보인다고 없는 것은 아니기에 빛공해가 없는 마을, 반경 40킬로미터 이내에 도시가 없는 오지마을을 찾아다녔다. 맑은 날의 밤이면 4월부터 9월까지 선명한 은하수가 떠오르고 수시로 별똥별들이 쏟아졌다. 먼 도시의 불빛들이 거의 스며들지 않는 곳들을 찾아가 '별나무'를 만났다.

그런데 문제는 이 작업이 결코 만만치 않다는 것이다. 일단 별과 더불어 주 피사체가 되는 '나무 모델'을 찾는 것이 쉽지 않았다. 밤이 아닌 대낮에 모터사이클을 타고 전국의 오지들을 어슬렁거리는 이유가 바로 여기에 있다. 천연기념물로 지정된 노거수들이나 이미 유명한 나무들은 절대로 찍을 수가 없다. 가까이에 외등이 켜져 있거나 나무를 보호한답시고 철조망이나 간판 등이 설치돼 있기 때문이다. 나무 그 자체의 온전한 모습이 훼손되니 제대로 찍을 수 없다.

그리하여 더 오지의 유명하지 않은 나무를 찾아 나서야만 했다. 도시나 고속도로 등의 빛 공해가 없는 지역, 가까이 시골마을의 가로등 불빛마저 침범하지 않는 곳에 홀로 서 있는 감나무, 산벚나무, 오동나무, 매화나무 등을 찾아다녔다. 하지만 이런 나무들을 찾았다고 해서 모두 별나무 사진이 되는 것은 아니다. 막상 밤에 찾아가보면 어디선가 안 보이던 불빛이 스며들기도 한다. 산 너머에 고속도로가 있거나 도시가 있고, 그도 아니면 낮에는 분명히 보이지 않았던 가로등 같은 것이 나무 근처에 떡하니 빛을 발하고 있는 것이다. 빛이 나는 꼭 그만큼 별들은 잘 보이지 않는다.

비가 오거나 흐린 날이면 포기해야 하고, 달이 뜨는 멋진 밤에도 별 사진을 포기해야 한다. 날마다 수시로 기상청 예보를 주시하며 그 옛날 농부나 어부처럼 육감으로 밤하늘을 보다 보면 한 달에 겨우 사흘 정도 기회가 온다. 말 그대로 절호의 찬스다. 그런 날이 오면 밤 9시부터 새벽 4시까지 지새워야 한다. 미리 봐둔 나무를 찾아가 벅차오르는 감흥을 억누르며 카메라를 잡고 사투를 벌이는 것이다. 어둡다 보니 카메라 초점 잡기도 쉽지 않고 모든 것을 수동조작으로 해야 하니 실패 또 실패, 새로운 세팅을 하며 찍은 뒤에 사진을 확인하는 등 무한 반복을 해야 한다.

화무십일홍이라, 열흘 이상 붉은 꽃이 없다는 옛말처럼 환하게 꽃 핀 별나무 사진을 찍으려면 적어도 3년 이상 걸린다. 일단은 꽃이 피는 나무를 찾아야 하고, 그 나무가 꽃을 피울 때까지 기다려야 하고, 그 꽃이 다 지기 전에 별들이 떠올라야 하기 때문이다. 꽃이 피었다가 질 때까지 밤마다 찾아가 천시를 기다려야 한다. 하필 날이 흐리거나 달이 떠오를 무렵에 꽃이 피면 너무나 아쉽지만 내년을 기약할 수밖에 없다. 또 하나의 간절한 기다림이 시작되는 것이다. 안개와 구름 속의 야생화 또한 마찬가지였다.

해마다 늦가을이 오면 열흘 정도 밤마다 감나무를 찾아갔다. 해발이 높다보니 영하의 밤길, 왕복 육백 리 길이었다. 그 감나무를 찍다가 새로운 사실 하나를 깨달았다. 습도가 낮고 추운 밤의 별들보다 습도 65% 정도의 밤에 찍은 별들이 더 잘 나온다는 것이었다. 영하 5도, 습도 40% 정도의 쾌청한 밤이면 별들이 파란 하늘 속에서 거의 같은 크기와 같은 빛의 세기로 나왔다. 그런데 살짝 연무가 낄 정도의 밤에는 굴절 현상 때문인지 별들의 크기와 빛의 세기가 저마다 색다르게 찍혔다. 큰 별은 더 크게, 밝은 별은 더 빛나는 것이었다. 이 또한 내 의지대로 되는 것이 아니라 '천시의 기운'이었다.

내친 김에 '별나무' 사진만이 아니라 별이 쏟아지는 겨울폭포 사진을 찍어보고 싶었다. 영하 7도의 한밤중에 찾아가 별빛 쏟아지는 겨울 폭포를 오래오래 지켜보았다. 폭포는 얼면서, 기어코 얼지 않으면서 상선유수의 자세로 쏟아지고 있었다. 전남과 전북의 경계인 견두지맥의 숙성치宿聖峙, 이름하여 '별들의 여인숙'에 내려온 별들과 더불어 어깨 걸고 흘러내리고 있었다.

겨울 폭포 사진을 찍는데 가장 어려운 것은 영하의 추위보다 물보라였다. 여름 폭포보다는 약하지만 물보라 입자들이 날아와 렌즈에 닿는 순간 그대로 얼어버리는 것이다. 낮의 폭포 사진이야 셔터속도가 최소 200분의 1 이상 빠르게 찍으니 큰 문제가 없지만 밤의 별 사진은 최소 17초 이상의 장노출로 찍어야 하니 여간 성가신 게 아니었다. 카메라 바디에도 손난로 핫팩을 붙여서 수건으로 감고, 렌즈도 초점을 수동으로 하고 핫팩으로 감싼 뒤에 수시로 마른 천으로 닦아줘야 했다. 셔터 속도와 감도, 조리개 값을 바꿔가며 5시간 정도 찍었더니 온몸이 마비될 정도로 추웠다.

내가 시집 등에 사인할 때 자주 쓰는 '일어나 걷는 자는 동사하지 않는다'를 되새기며 졸시 「얼음 폭포」를 읊조렸다.

인생이란
잠시 쉬었다 가는 것이다
흐르다 한 철 머무는 것이다

물의 전생에서

몸의 이승으로
다시 연기의 저승으로
가는 길에
잠시 경악하며 머무는 것이다

두려운 것은
벼랑 저 혼자일 뿐
폭포는 얼어서도 흐른다

생의
단 한 번의 번지점프
그 순간을 위해
우리는 아직 자살하지 않았다

그렇다. "폭포는 얼어서도 흐른다". 흘러서 강으로 가고 바다로 간다. 우리의 삶이 때로 제아무리 고달프고 슬퍼도 겨울이 가고 봄이 오고 꽃이 피듯이. 마침내 별비 내리는 겨울 폭포, 겨울나무를 찍는 날들이 가고 섬진강 곳곳에 매화꽃들이 피어나기 시작했다. 나의 '별나무'인 '별들의 여인숙'에도 봄이 오고 있다.

섬진강 첫 매화 '소학정 매화'를 아시나요

'뼈를 깎는 추위를 견디고 나서야 코를 찌르는 향기를 얻을 수 있다'寒徹骨 撲鼻香는 옛말을 되새기는 날들이다. 한겨울 추위 속에서도 산에 들에는 언 땅을 뚫고 복수초가 피어나고 매화 꽃망울이 부풀어 올랐다. 하지만 언젠가부터 섬진강에는 눈다운 눈이 내리지 않았다.

운 좋게 찍은 설중雪中 복수초 사진들을 들여다보았다. 다시 그날처럼 심장이 뛰었다. 복수초의 우리 이름인 얼음새꽃, 눈새기꽃도 좋지만 나는 '눈 속에 피는 연꽃' 설연화雪蓮花라는 별칭이 더 좋았다. 문득 돌아보니 그동안 미친 듯이 전국의 산하를 헤매며 온갖 야생화들을 만나고 또 만났다. 야생화를 만나면서 '10년 동안 3만 리 도보순례'의 후유증, 무너진 건강을 온전히 회복했다. 꽃도 보고, 건강도 되찾으며 시와 사진에 집중할 수 있었다.

그런데 언제부턴가 야생화를 찾아다니는 일들이 시들해졌다. 가면 갈수록 야생화를 찾아다니는 일이 자꾸 죄를 짓는 일이라는 위기감에 직면했다. 귀하디귀한 멸종위기 야생화일수록 더 그러했다. 야생화 사진을 찍으러 온 이들이 함부로 짓밟고, 꺾고, 캐어가는 것들을 자주 목격한 것이다. 꽃에게 위로 받기는 고사하고 상처 받는 일이 잦아졌다. 나 또한 알게 모르게 많은 상처를 주었을 것이다. 디지털 시대에 사진 인구가 늘어가는 것은 아주 좋은 일이지만, 널리 알려진 풍경사진 장소도 마찬가지다. 욕망의 무한경쟁이 아름다운 야생화와 자연에게 그대로 적용되었다.

그래도 스스로 야생화가 되려는 사람들이 있으니 이 얼마나 다행인가. 귀하고 돋보이는 한 송이 꽃을 모시고 숭배하기보다 좀 못나고 흔하더라도 스스로 한 송이 야생화로 피는 것이 더없이 중요한 일이 아닌가. '내가 먼저 꽃일 때 비로소 너도 꽃이 된다'는 것을 절감한다.

올해도 어김없이 섬진강 첫 매화가 피었다. 섬진강변 소학정消鶴亭 매화가 1월 초부터 꽃망울을 터뜨리기 시작한 것이다. 때로는 동짓날에 피는가 하면 성탄절에 문득 꽃을 내보이기도 했다. 우리 집에서 3km쯤, 섬진강을 거슬러 매화마을을 지나면 소학정마을이 나온다. '학이 노니는 정자' 소학정의 매화가 피면 비로소 남해 바다에서 황어가 몸을 풀며 섬진강을 거슬러 오를 준비를 하고, 주변의 매화나무들도 슬슬 기지개를 켜다가 한 달 뒤쯤이면 가지마다 꽃망울을 터뜨리기 시작한다.

다사마을과 하동공원의 홍매도 피고, 악양 최참판댁 인근의 몇몇

나무도 꽃을 피웠지만 '섬진강 첫 매화'의 명예는 언제나 소학정 큰 매화나무가 아닐 수 없다. '매화는 일평생 춥게 지내도 그 향기를 팔지 않는다'梅一生寒不賣香고 했다.

하지만 매화가 피었다고 벌써부터 발 동동 구르며 마음 졸일 필요는 없다. 아직은 겨울, 이제 시작이기 때문이다. 소학정 매화가 먼저 피었다가 얼고 얼다가 다시 피는 선발대 역할을 자처하고 있으니 이제부터라도 봄맞이 준비를 슬슬 시작하면 된다. 제철의 봄 매화는 2월 하순부터 3월 중순까지가 절정이기 때문이다.

겨울이 한발 더 물러가는 뜻으로 모처럼의 큰 한파가 지나갔다. 이른 아침, 카메라를 들고 섬진강 첫 매화의 안부를 물으러갔다. 첨병의 역할을 마다하지 않는 소학정 매화가 얼고 얼어 조금씩 빛이 바래고 있었다. 일찍 핀 꽃송이 송이들이 물러나고 한 닷새 정도 지나면 다시 뒤를 이어 다른 꽃망울들이 환하게 피어난다.

매화를 찾아오는 새들을 찍어보려고 무덤가 바위에 몸을 숨기고 세 시간 동안 잠복했다. 딱새 부부도 찾아오고, 참새들도 들락거리고, 이따금씩 직박구리도 날아들었다. 하지만 카메라만 들면 귀신 같이 날아가 버리는 바람에 아예 땅바닥에 주저앉아 호시탐탐 기회를 노렸다.

조류 사진가도 아니고 참 어정쩡한 포즈였다. 지나가던 동네 할머니가 다가와 "거그서 뭐하요?" 하고 말을 걸었다. 우물쭈물 카메라를 보여주며 민망한 웃음을 건네는데 바로 그때 직박구리 한 마리가

날아들었다. 후다닥 '석양의 건맨'처럼 잽싸게 셔터를 눌렀지만, 두어 번 울고는 날아올랐다. 초점이 맞은 사진은 단 한 컷 뿐이었다. 그때서야 할머니는 '별 미친 놈 다 보겠다는 듯이' 허허 웃으며 집으로 돌아갔다.

그리고 직박구리는 다시 오지 않았다. 이따금 딱새 부부가 날아왔지만 아직 매화가 피어나지 않은 가지에서만 놀았다. 사진을 확대해 보니 직박구리가 입을 크게 벌린 채 울고 있었다. 실은 우는 게 아니라 누군가를 애타게 부르거나 "오지 마라, 여기 사람이 있다"고 소리치고 있었을 것이다. 새들에게는 여전히 미안한 일, 많이 아쉽지만 그래도 매조도梅鳥圖 한 장을 저장했다.

삶이 늘 그렇듯이 갈 수 있을 때 가고, 볼 수 있을 때 보아야 한다. 사람이든 풍경이든 우물쭈물하다가는 한순간에 다 놓치게 된다. 세상 모든 일이 내 인생의 바깥일 뿐이다. 누구인가 '금 중에 최고의 금은 지금'이라 했던가. 미리 봄 마중 한 번 나가지 못하면 만화방창 꽃 피는 봄날을 제대로 배웅할 수도 없다. 봄비 속에 술잔이나 기울이며 '봄날은 간다'를 부를 수밖에.

청명이나 곡우가 돼야 봄이 온 줄 아는 사람은 이미 늦었다. 농부나 어부처럼 미리 봄을 살아야만 온몸 그대로 봄이 된다. '그곳이 바로 이곳'이라는 것을, '우리는 날마다 가닿아야 할 그곳에 이미 도착하고 있다'는 것을 날마다 되새기는 봄날이다. 꽃 피는 당신 곁에 나도 가만히 꽃 한 송이 피우고 싶다.

"꽃만 말고 매화향을 찍어봐" 할매화, 할(喝)매화!

섬진강 첫 매화는 소학정 백매뿐만 아니라 그 아랫마을인 다사마을 길갓집의 홍매도 있다. 때마침 홍매화의 당주이신 원주민 할머니와 마주쳤다. 마을회관 가던 할머니가 카메라를 든 나를 보자마자 "이보시오. 꽃 찍는 값을 내야지!" 하며 홍매화보다 환하게 웃었다. 그러고는 안방에 들어가는가 싶더니 따뜻한 커피 한 잔을 들고 나오셨다.

그런데 내게 커피를 내밀며 문득 하시는 말씀이 "꽃만 찍지 말고 향기까지 찍어봐!" 하는 것이었다. 순간 할 말을 잃고 말았으니 꽃빛만 탐하다가 제대로 한방 맞았다. 여든이 다 된 할머니지만 순천 매산여고 출신의 엘리트였다. 바로 이 집에서 태어났는데, 할아버지는 50세 때 돌아가셨다고 한다. 학력이고 뭐고 따지지 않고 허우대 멀쩡한 청년을 골라 결혼했다. 생가에서 신접살림을 차렸으니 말하자면 집안의 '데릴사위'를 들인 것이다.

한사코 거절했지만 10년 만에 처음으로 할머니의 얼굴 사진을 찍었다. "꽃만 말고 매화향을 찍어봐!" 분홍빛 매화 꽃그늘 속에서 할매가 포즈를 취했다. 오늘의 매화는 영락없는 할매화, 할뼈 매화!였다.

사진을 찍다보니 이렇게 할머니를 표절하고, 새와 매화를 표절하고, 그 표절이나 모방마저 당연하게 생각한다. 명색이 시인이지만 창조라는 다소 건방진 듯한 말을 삼가게 되는 것이다. 지리산 이 골짜기 저 골짜기 짧게는 1년, 길게는 5년 정도씩 살아보는 동안 나의 스승은 언제나 뒷집 할머니였다.

한글을 알거나 모르거나 아무 상관없이 툭툭 던지는 말씀들이 경전보다 더 소중했다. 오히려 어설픈 지식은 장애였고, 한글을 잘 모르는 삶의 지혜가 더 명징해 눈물겨웠다. 뒷집할머니를 통해 시라는 '짐승'의 살과 뼈와 피가 충만했다. 구례군 토지면 용두리, 문척면 마고실, 그리고 피아골 조동마을의 뒷집 할머니와 하동군 중기마을의 뒷집 할머니는 모두 나의 스승이자 우렁각시들이었다.

지구라는 인류의 마지막 어머니다운 생존자들이 아니신가. 이 우렁각시들의 말씀이 모두 시의 주름 선명한 얼굴이었으니, 창작은 고사하고 이 할머니들을 표절하는 일도 참으로 벅찬 날들이었다.

'노예', 노동하는 예술가들

3년 동안 40년 된 누옥을 수리했다. 지리산에 깃들어 여기 저기 떠돌며 살다가 마침내 섬진강 건너 백운산 자락의 광양시 다압면 외압마을에 둥지를 틀었다. 소장수가 살던 집인데 대문 입구에는 토종 매화 세 그루가 서 있고, 집 뒤에는 대봉감나무가 일곱 그루 정도 둘러싸고 있다. 그 유명한 매화마을이 가깝지만 비교적 한적한 마을의 외딴집이다. 전남지역이지만 생활권은 여전히 섬진강 건너 경남 하동군이다.

섬진강이 바로 내려다보이는 곳에 살다가 섬진강과 눈높이가 비슷한 곳에 자리를 잡고 보니 마음은 오히려 차분해졌다. 처음에는 어색하기도 했지만 마당 바로 앞의 너른 매실밭과 더불어 안정적인 구도의 남향집에 잘 적응한 셈이다. 멀지도 않고 너무 가깝지도 않은 거리에 지리산과 섬진강이 있으니 더할 나위 없이 좋다. 사실 풍경 좋은 곳은 거친 바람을 피할 수 없는 법, 전망 좋은 집은 꼭 그만큼의 태풍과 북풍한설을 받아들여야 한다.

대문 입구의 외양간을 개조해 사랑방으로 만들고, 두 칸 창고의 벽을 허물고 이름하여 8평 정도의 '예술곳간 몽유夢遊'를 만들었다. 섬진강 미니갤러리 겸 사랑방이다. 늘 그렇듯이 집수리 공사는 예상보다 오래 걸리고 더 많은 돈이 들어갔다. 선후배들이 많이 도와주었기에 가능한 일이었으니, 두고두고 갚아야할 것들이 더 많아진 셈이다.

성탄절 오후에는 집수리 노가다를 잠시 멈추고 연극을 보러갔다. 지리산의 자랑인 구례군민극단 마을(대표 이상직)의 〈여인숙 사람들〉이었다. 우리네 삶이 늘 그렇듯이 삼류인생들의 슬프면서도 웃기는 '회비극의 교착지', 후진 여인숙의 일상을 그린 작품이다. 대학로에서 극단을 운영하다 구례로 귀촌한 안치선 작가가 직접 쓰고 연출했다. 6년 전에 귀농한 극단 마을의 이상직 대표 또한 백상예술대상 남자최우수연기상을 수상한 실력파다. 2013년 섬진강변 구 유곡초등학교 운동장에서 그의 결혼식 사진을 찍은 적이 있는데 이제야 그 사진을 인화해 선물했다.

그런데 극단 마을의 〈여인숙 사람들〉, 이 작품의 주연배우인 고상철씨가 바로 우리 집 수리의 '노가다 팀장'이다. 낮에는 노가다를 하며 생계를 꾸리고, 밤에는 연극 연습을 하는 노동예술가인 것이다. 구례 출신인 그가 화개면으로 귀촌한 후배와 더불어 한 달째 창고 두 채의 지붕을 새로 덮는 등 낮은 일당만 받으며 헌신적으로 도와주었

다. 일 자체를 즐기는 꼼꼼한 스타일이다. 한 달 넘게 공사를 했지만 큰소리 한번 내지 않고 조곤조곤 일을 마무리했다.

그런데다 멀리 전남 나주에 터를 잡은 몽피夢彼 김경학 화백이 제자들을 데리고 와 '예술곳간 몽유夢遊'를 디자인하는 등 막일을 마다하지 않고 도와주었다. 몽피 김경학은 한국화가이자 설치미술가와 건축가인 멀티 플레이어다. 그 유명한 '섬진강 조망 1번지'인 구례 오산의 사성암, 그 가파른 절벽건축을 설계 시공한 총감독이 바로 그다. 언제나 그는 제자들을 '노예'라고 부른다. 처음 들을 때는 오해의 소지도 없지 않지만 '노예'라는 말이 '노동예술가'의 준말이라는 것을 알고 나면 금방 이해가 된다.

노동과 예술의 경계를 무너뜨린 '노예들', 연극배우 고상철, 화가 김경학의 노고로 40년 된 누옥이 전혀 새로운 모습으로 탈바꿈 했다. 집수리를 통해 화가 몽피와 시인이자 어설픈 사진가인 몽유야인이 새롭게 만난 셈이다. 지리산 입산 20년 만에 처음으로 겨우, 어쩔 수 없이 텃새의 둥지 하나 마련하는데 참으로 많은 이들의 도움을 받았다. 이 집에 얼마나 오래 살지는 모르지만 갚고 갚아야할 빚이 너무나 많아졌다.

집수리를 하다 보니 한해가 어떻게 가고 어떻게 왔는지 경황이 없었다. 마당 수돗물이 얼고 페인트 물통과 시멘트 미장 칼에도 얼음이 겹겹 날을 세웠다. 모처럼 안방 아궁이에 군불을 지폈다. 마른 매화나무 가지가 불꽃 향을 피우며 타오르니 한 사흘쯤 봄을 앞당기는 듯했다.

눈을 감아야 더 잘 보인다

문득 많이 그립고 그립지만, 막상 기억의 저편에서 아슴푸레하거나 아련할 때는 살며시 눈을 감아야 한다. 그래야 그 추억의 속살들이 마치 두 손으로 만져질 듯 또렷해진다. 가령 고향이나 그 원형인 어머니, 그리고 옛 애인이나 죽마고우 등이 그러하다. 두 눈 똑바로 뜬 채로는 잘 보이지 않는다.

섬진강 바람이 추억들을 몰고 와 한동안 내 고향 문경 근처를 서성거리게 했다. 고향에서 산 날들보다 타향을 떠돌며 살아온 날들이 더 많아지면서, 일찍 운명을 달리하신 아버지의 나이를 훌쩍 넘기면서 더욱 심해진 수구초심 같은 향수병 때문일 것이다. 하내리, 구랑리역, 서성국민학교, 가은중학교, 봉암사 등 그 이름만으로도 한없이 출렁거린다.

얼마 전에는 가은중학교 동기생 20명이 지리산을 찾아와 만복대

산행을 하며 하룻밤 회포를 풀었고, 그 전 주말에는 문경시민문화회관에서 '돌아온 탕자'가 되어 참으로 쑥스러운 문학강연을 했다. 30년 이상의 세월을 건너온 동기동창들의 얼굴 속에는 그 어린 중학생 시절의 풋풋한 얼굴들이 여전히 화석처럼 박혀있었다. 참으로 먼길을 달려왔지만 사실은 그리 멀리 온 것도 아니었다.

그동안 혜경이, 형일이 등 몇몇 친구들은 먼저 이승을 떠나고, 살아남은 친구들은 어느새 자기보다 더 큰 아들딸들을 키우는 아버지와 어머니가 되었다. 내가 처음 연애편지를 보냈던, 그러나 동네친구를 통해 인편으로 보낸 그 편지가 35년이 넘도록 전달되지 않고 끝내 사라져버린, 그 연애편지의 대상인 여학생도 청주의 장한 어머니가 되어 지리산 만복대를 함께 올랐다. 열여섯 살의 어린 여고생을 꼬드겨 서울로 야반도주한 스무 살의 청년, 요즘 같으면 미성년자 성폭행 및 납치죄로 구속되어 마땅할 친구도 어엿한 가장이 되어 나타났다. 공부를 잘하고 못하고, 잘생기고 못생기고, 키가 크고 작고, 돈이 많고 적고를 떠나 모두들 분별없이 경북 문경의 촌놈 촌년이 되어 "한잔 해봐여, 안마시고 뭐해여?" 한바탕 시끄러웠다.

그리고 오랜만에 찾은 고향에서의 강연은 참으로 난감한 일이었다. 선후배 시인들과 고향을 지키는 죽마고우들 앞에서 무정처의 내가 무얼 얘기할 수 있겠는가. 나의 어린 시절을 훤하게 들여다보는 이들 앞에서 시인으로서의 과장법도 통할 리 없고, 어쭙잖은 쾌도난마의 그 어떤 말이나 정치적 수사도 구사하기 어려웠으니 내내 식은땀

이 흐를 수밖에 없었다.

다만 고향의 어머니 품에 안겨 내 삶을 돌이켜보는 시간이 되었으니 가슴이 먹먹해졌다. 명색이 시인인데 '어떻게 살 것인가', '어쩌다 나는 시인이 되었을까' 되묻지 않을 수 없었다. 이른 아침에 낙동강의 지류인 영강변 영신숲에 나가 곰곰 생각해보니, 중학교 3학년 때의 담임 조욱현 선생이 떠오르고, 하내리의 우리 집 바로 앞에서 점방을 하던 맹인 김씨가 떠올랐다.

내가 교과서 밖의 시를 처음 본 것은 조욱현 선생의 시였다. 어느 날 교실 뒤편 환경미화란에 압정으로 꽂힌 200자원고지, 칸칸이 단아한 글씨로 채워진 '파계사'라는 시였다. '과하마 과하마 찰거머리 뒤따르지 않는 마음인양'이란 구절이 아직도 잊히지 않는다. 당시에는 시가 무엇인지도 몰랐고, 시인이란 말도 교과서 밖에서는 낯설었다. 내가 어릴 때부터 문재가 뛰어난 것도 아니었고, 다만 이따금 연애편지를 대필해주거나 '오랜만에 오신 삼촌 간첩인가 살펴보자'는 식의 반공표어로 참으로 비극적인 상(?)을 받는 것이 전부였다.

국어를 가르쳤던 조욱현 선생은 〈세계의 문학〉 1호 등단자였다. 내가 시인이 된 것도 이 무렵의 기억들이 나를 이끌었기 때문일 것이다. 그런데 1977년에 문단에 나와 무려 25년만인 2002년에야 첫 시집 『늑대야 늑대야』를 냈으니 '문학적 결벽증' 때문인지, 제자들을 가르치느라 모든 것을 소진해서인지 나로서는 그 깊은 속내를 알 수가 없다. 그리고는 또 10년이 지나도록 감감무소식이다. 요즘은 퇴임을 하

고 농사를 지으며 야생화와 그림에 푹 빠져 있다. 다만, 내 고향에 아예 뿌리를 내린 선생님께 또다시 배우고 반성해야할 일은, 내가 너무 많은 말을 하고, 너무 많은 글을 쓰고 있다는 것이다. 설익은 생각들이 발효되기도 전에 발표됐다는 자괴감을 지울 수 없다. 선생님은 내게 응원만 할 뿐 아무 말도 하지 않았지만 여전히 이렇게 너무 많은 것을 가르치고 있는 것이다.

내게 또 한 분의 문학적 스승이 있다면 그는 여전히 하내리에서 구멍가게를 하던 맹인 김씨 아저씨다. 그는 언제나 안 보이는 눈으로 하내리의 모든 것을 다 알고 있었다. 겨울밤 눈이 내리는 소리를 듣고는 그 누구보다 먼저 일어나 마을길을 쓸고, 마을 사람들의 목소리뿐만이 아니라 자전거와 경운기 엔진 소리만 듣고도 구누인지 다 알아채고는 먼저 인사를 했다. 어머님이 돌아가시고 참으로 오랜만에 찾아갔을 때, 일부러 먼저 인사를 하지 않고 "담배 한 보루 주세요" 했더니, 그 안 보이는 눈을 깜빡이더니 "원규? 이실네 막내아들 원규 아이라?" 되묻는 것이었다. 순간 눈물이 왈칵 쏟아졌다. 어린 시절의 내 목소리까지 기억해내는, 시각의 결핍이 오히려 승화된 '하내리의 신'을 다시 만난 것이다.

밝은 곳에 있다가 밤길을 나서려면 일단 눈을 감았다 떠야 더 잘 보인다. 맛을 보거나 향기를 맡거나 키스를 하거나 따스한 손을 잡을 때도 눈을 감아야 한다. 시각중심의 사고가 오히려 착시를 일으키거나 왜곡시키기 때문이다. 그래서 대개는 눈 뜬 장님이요 당달봉사가

되는 것이다. 때로는 눈을 감아야 훨씬 더 잘 보인다. 내가 먼저 캄캄
해져야 한밤중의 별빛도 더 빛난다.

친구, 내 슬픔을 등에 지고 가는 사람

나이가 들수록 지음知音의 뜻을 되새기게 된다. 굳이 말하지 않아도 누군가의 속마음 속뜻을 알아차린다는 것은 얼마나 감동적인 일인가.

거문고의 명인인 백아가 산을 생각하며 거문고를 타면 친구 종자기는 금방 산을 느끼고, 강을 생각하며 연주하면 귀신같이 그 강을 알아차렸다. 백아의 음을 종자기만이 제대로 알아들었으니, 지금까지도 지음과 지기지우知己之友라는 고사성어가 널리 회자되고 있다. 하지만 종자기가 병에 걸려 먼저 죽게 되자 백아는 거문고의 줄을 끊어버렸다. 진정으로 자신의 마음을 알아주는 최후의 한 사람, 그 친구가 사라지자 더 이상 연주를 하지 않았다는 것이다.

요즘 같은 시대에 지음의 경지, 백아절현伯牙絕絃의 자세는 얼마나 아름답고 부러운 일인가. 죽마고우부터 시작해 동기동창이며 군대동기, 회사동료, 동호회원 등 저마다의 친구들이 많지만 갈수록 지기지우의 관계는 더 얇아지고 있다. 문학계에도 문우文友라는 멋진 말이 있지만 그 누가 있어 나의 시나 사진을 종자기처럼 알아주는지, 나 또한 얼마나 잘 알아듣고 또 제대로 이해하려고나 하는지 반문하지 않을 수 없다.

세상이 각박해지다보니 언제부터인가 친구를 만나는데도 격식이 필요하고 체면치레를 해야 한다. 술 한 잔, 밥 한 끼를 하더라도 은근히 손익계산을 하게 된 것이다. 때로는 서로 잘 안다는 것이 오히려 독이 될 수도 있으니 참으로 기댈 곳 하나 없는 세상이 아닌가. 한때 '입은 옷을 갈아입지 않고 김치 냄새가 좀 나더라도 흉보지 않을 친구가 우리 집 가까이에 있었으면 좋겠다'는 유안진 시인의 「지란지교를 꿈꾸며」는 얼마나 큰 위로가 됐던가.

그래도 나는 행복한 편이다. 지리산에 오래 살다보니 예저기 좋은 친구들이 꽤 많다. 가난하지만 절대로 비굴하지 않은 친구도 있고, 남들이 제대로 알아주지 않더라도 기가 죽지 않는 열정의 예술가들도 많다. 모두가 언제 어느 때든 아무렇게나 찾아가도 술이나 차를 내놓으며 나이와 성별 불문하고 환하게 맞아주는 동무들이다. 도시에서는 찾아보기 힘든 풍경일 것이다.

일찍이 카뮈가 말했듯이 '내 뒤를 걷지 마라. 내가 이끌어주지 못할지도 모르니. 내 앞에서 걷지 마라. 내가 따라가지 않을지도 모르니. 단지 내 옆에서 걸어가며 친구가 되어주어라'는 말을 체득한 친구들이다. 섣불리 충고를 하거나 가르치려 하지 않는다는 것, 그저 가까이 얘기를 들어주며 고개를 끄덕이는 것, 자주 만나지 않더라도 늘 그 자리에 있는 것만으로도 이미 '좋은 친구'의 조건은 다 갖춘 셈이다.

그래도 나이가 들다보니 더 살갑게 속 깊은 친구는 아무래도 죽마고우일 것이다. 같은 동네에서 태어나 겨우 걸어 다니기 시작할 때부터 함께 놀며 싸우며, 집안 형편과 내력을 속속들이 잘 아는 '불알친구'들을 어찌 잊을 것인가. 그 중에서도 유난히 각별한 친구가 하나 있다. 바로 허준연이다. 준연이는 지금도 고향마을 하내리를 지키며 사는 김윤진이와 더불어 고향 가까이 터를 잡은 말 그대로 둘도 없는 친구다.

동서양을 막론하고 진정한 친구에 대한 명언들은 다 비슷한데, 굳이 예를 들자면 독일의 작가 실러는 '친구는 기쁨을 두 배로 하고 슬픔을 반으로 해준다'고 했으며, 시인 이태백은 '고난과 불행이 찾아올 때, 비로소 친구가 친구임을 안다'고 했다. 곧바로 내 친구 준연이를 떠올리게 되는 말들이 아닐 수 없다. 19년 전에 나의 어머니가 돌아가셨을 때, 먼저 와서 마지막까지 제일 많이 울었던 친구도 준연이었다. 나 또한 준연이 어머니가 돌아가셨을 때 지리산에서 오토바이를 타고 빗길을 달려 경북 영주의 장례식장까지 한달음에 달려갔다.

남편 없이 청상과부로 40여년을 살다 가신 나의 어머니와 규폐환자로 돌아가신 광부남편의 아내인 준연이 어머니 또한 서로 의지하던 아주 각별한 친구였다. 그러니 친구의 어머니는 곧바로 나의 어머니였다. 영정사진을 보며 두 번의 큰절을 올리는데, 대성통곡이 터져 나왔다. 상주들과 맞절을 하는데도 도저히 복받치는 감정을 추스를 수가 없었다. 밤새 준연이와 끌어안고 영정 사진 아래서 울고 또 울었다. 같이 술을 마시다 말고 "이제 우린 고아가 됐다"며 또 울고, 준연이가 터를 잡은 곳 앞산에 어머니를 잘 묻어드리고 또 울었다. 아무런 위로의 말이 필요 없었다.

인디언의 격언 중에 '친구란 내 슬픔을 등에 지고 가는 사람'이라는 말이 있다. 절창이 아닐 수 없다. 기쁨을 함께 누리는 것은 누구나 다 할 수 있다. 비로소 슬픔과 아픔을 함께 할 수 있는 관계일 때 비로소 친구라 부를 수 있을 것이다. 나는 지리산에 살고 준연이는 고향 문경에 살아 자주는 못 만나지만 '눈에 보이지 않아도 아주 잘 보이는 사람'인 안중지인眼中之人이 아닌가.

세상 어디에나 친구는 참 많다. 인터넷이 활성화하면서 소셜네트워크의 블로그 이웃이나 카카오톡 친구, 페이스북 친구 등 다양한 인연들이 거미줄처럼 이어져 있다. 나 또한 지리산에 살면서 시도 때도 없이 '카톡 카톡' 우는 카카오톡은 너무 번거로워서 하지 않지만, 페이스북은 핸드폰이 아니라 컴퓨터를 켤 때에 한해 연을 이어가고 있다. 가상현실 같은 관계다 보니 문제도 많지만, 어느새 친구가 5천 명으로 꽉 차버렸다. 너무 벅차기도 하지만, 분에 넘치는 위로와 격려를 받기도 한다. 어쩌다 사진 한 장, 시 한 편을 올리면 순식간에 수백 명이 '좋아요'를 누르며 공유해주니 고맙고 고마울 뿐이다.

비록 얼굴은 직접 보지 못하더라도 일면여구一面如舊라 '단 한 번 만나 사귀더라도 옛 친구 대하듯이 하라'는 뜻으로 받아들이며, 날마다 밤마다 '친구란 내 슬픔을 등에 지고 가는 사람'이라는 말을 되새겨보는 것이다.

사진가 고 김영갑 형, 그대 몸속의 지수화풍!

인생은 홀로 가는 길, 끝이 없는 독학의 여정이다. 아직 가보지 않은 길들이 많지만 죽이 되든 밥이 되든 끝끝내 가야할 길이 있다는 것은 또 얼마나 큰 행복이며, 갚아야할 빚이 있다는 것은 그 또한 얼마나 살맛나게 하는가.

산꼭대기 텐트 속에서 비가 그치기를 기다렸다. 밤비가 몰아치다가 그친 뒤 먹구름이 섬진강을 따라 남해로 빠져나가자 마침내 강마을에 안개가 차올랐다. 먹구름의 배후에서 문득 별들이 돌아왔다. 구름과 안개도 흐르고 별빛도 흐르고, 안개 자욱한 오리무중의 길을 헤매며 나 또한 흐르고 흘러 여기까지 왔다.

죽어도 도무지 죽지 않을 것 같은 날들이었다. 엎어진 김에 쉬었다 간다더니 잠시 건강이 무너지고 나서야 야생화를 만나고, 별을 찾아다니며 청춘의 열정을 되찾았다. 미친 듯이 사진을 찍고 시를 쓰며 지난 생을 한 수 한 수 복기해봤다. 다른 것은 몰라도 내가 지리산에 온 것은 탁월한 선택이었다. 지금까지 단 한 번도 후회한 적이 없다.

살다보면 한두 번밖에 만나지 않았는데도 절대로 잊을 수 없는 사람이 있다. 제주도의 사진가 고 김영갑 형이 그렇다. 생전에 두 번 만나고, 운명하던 바로 그 날 또 만났으니 겨우 세 번 만났을 뿐이다. 하지만 그의 사진을 처음 본 순간 그 느낌들이 내게는 제주도 기억의 거의 전부로 남아있다.

그가 비교적 건강할 때는 지리산 실상사에서 만났고, 아픈 뒤에는 김영갑갤러리 두모악에서 만났다. 2004년 생명평화탁발순례단으로 1년동안 경남과 제주도 전 지역을 걸어다닐 때였다. 루게릭 병으로 이미 말하기조차 힘들었지만 "좀 나아지면 반드시 지리산에 갈 거야. 그때 꼭 다시 보자"고 했다. 하지만 김영갑 형의 병마는 더 깊어져 '살아있는 미라'가 되었다.

그해 늦가을 제주의 시인과 노래꾼 등 '김영갑 갤러리를 좋아하는 사람들'이 제주문예회관 소극장에서 〈두모악 음악회, 그 섬에 내가 있었네〉를 열었다. 그때 나는 김영갑 형에게 보내는 공개 편지글을 썼다. 당시에는 이것이 마지막 편지가 될 줄 몰랐다. 채 반년도 지나지 않아 5월에 다시 형을 만나러 제주도에 갔지만, 삼달리 두모악으로 가는 길에 부고를 먼저 받게 되었다.

갤러리엔 겨우 몇몇 사람이 모여 장례준비 등으로 어수선했다. 슬픔을 누르고 둘러보니 우선 문상객들을 위한 음식이 필요했다. 함께

간 원불교 교무님과 읍내에 장을 보러 나갔다. 돼지머리고기와 소주, 음료수 등을 사다놓고 갤러리 뒤의 컴컴한 구석에 쪼그려 앉은 뒤에야 눈물이 쏟아졌다.

마침내 김영갑 형은 외지인이 아니라 비로소 온전한 제주사람이 되었다. 살아서나 죽어서나 제주도 입도를 후회하지 않을 것이다. 그해 가을의 편지는 처음이자 마지막이었다.

영갑이 형. 형에게 형이라고 처음 불러 봅니다.

저는 어느새 경남 의령까지 왔습니다. 걷고 걸어서 253일을 걷다 보니 어느덧 제주도를 지나 경남의 가야문화권인 의령까지 왔습니다. 서리 내리는 이 늦가을 밤에 제주도의 봄비 내리던 날의 형을 생각합니다. 단지 생각만 해도 소주 몇 잔을 아니 마실 수 없고요.

미안해요, 영갑이 형. 형을 대신해 내가 걷고 또 걷고, 이렇게 술까지 마시고서야 안부를 묻습니다. 형을 생각할 때마다 문득 내 온몸을 휘감아 도는 제주바람, 이 바람을 도무지 어찌할 수가 없습니다.

"형, 잘 있느냐고, 잘 지내느냐"고 묻고 싶지만 차마 그 말은 못하고, "제주는 잘 있느냐고, 언제나 그러하듯이 늘 그러하냐"고 그저 형의 사진들을 바라보며 안부를 묻고 또 물을 뿐입니다.

경남 의령에서 마주친 '빗방울 화석', 2억년 전에 생긴 이 화석들을

바라보며 형의 발자국들을 떠올렸습니다. 20여 년간 형의 사진들이 바로 살아있는 제주의 화석들은 아닌지.

어찌 보면 2억 년 전에 아주 잠깐 소낙비가 내리고, 그 비의 흔적이 화석이 되었을 수도 있지만, 마침내 때가 되어 빗방울이 땅에 떨어지듯이 형은 그저 그렇게 제주 사람이 되어 카메라 셔터를 눌렀겠지요.

그러나 형에게 있어서의 한순간은 순간이 아니라 화석처럼 영원한 것이었습니다.

형은 손가락으로만 셔터를 누른 것이 아니라 온몸으로 영혼의 셔터를 눌렀겠지요. 그러다보니 형의 육신도 지쳐 잠시 쉬고 싶었던 모양입니다. 그러나 형은 이렇게 말했지요.

"움직일 수 없게 되니까, 욕심 부릴 수 없게 되니까 비로소 평화를 느낀다, 때가 되면 떠날 것이고, 나머지는 남은 사람들이 알아서 하겠지. 철들면 죽는 게 인생, 여한 없다, 원 없이 사진 찍었고, 남김없이 치열하게 살았다. 이 병이 그 증거다. 훈장이다."

하지만 이 얼마나 가슴 아픈 '훈장'인지요. 미라처럼 말라가면서도 훈장이라니? 병이 증거라면 너무도 혹독한 훈장이지만, 아닙니다, 그게 아닙니다. 형은 비로소 죽음을 넘어 거대한 오름으로 솟아오르고 있습니다.

화산 폭발 그 이후 백록담에 물이 고이듯, 어느새 물이 고여 풀들이 자라고, 아무 일도 없다는 듯이 바람이 불고, 바람 부는 제주의 영혼이 형의 몸속 깊은 암실에서 선명하게 인화되고 있습니다.

영갑이 형, 몸 속 깊숙이 제주의 지수화풍이 새록새록 감도는 영갑이 형.

형이 있어 비로소 제주는 제주다운 제주입니다.

2

야생화가 나를 살렸다

섬진강, 문득 돌아보는 당신의 눈빛

이른 봄부터 소쩍새가 울더니 어느새 신록의 바람을 타고 뻐꾸기 울음소리가 들려온다. 때맞춰 뻐꾹채 꽃이 피고, 오뉴월 호젓한 산길을 걷다보면 일명 '홀딱벗고새'로 불리는 검은등뻐꾸기가 따라오며 마치 놀리듯이 운다.

외국에서는 "카카코코" 하고 운다는데, 우리나라에서는 음계상으로 '미미미도'에 해당하는 "홀딱벗고 호호호호"처럼 들리다보니 전설이 생겨났을 정도다. 세상 모든 일이 그렇듯이 보고자 하는 것만 보이고, 듣고자 하는 것만 들리는 법이다. 새 울음소리 또한 듣는 이의 심사에 따라 모두 다르게 들리는데, 가령 지난 밤 주막에서 술값을 떼먹고 도망친 이에겐 "술값갚어 술값갚어"로 들릴 수밖에 없다. 번뇌 초가 자란 스님들에겐 "빡빡깎어 빡빡깎어", 배고픈 이들에겐 "풀빵사줘 풀빵사줘"로 들린다는 우스갯소리도 있을 정도다. 소쩍새의 "솥

적다"나 "솥텅" 같은 춘궁기의 간절함보다는 훨씬 더 여유가 있다.

그동안 오직 야생화만 생각하며 지리산뿐만 아니라 전국의 산과 강과 바닷가를 어슬렁거렸다. 21세기 시작부터 10여 년 동안 한반도 남쪽 3만 리를 걸어보았지만, 인간사는 고사하고 야생화도 제대로 몰랐다. 세상이 대립과 갈등의 아수라지옥으로만 보였다.

그러나 아무도 봐주는 이 없어도 이 땅 곳곳에 피어나는 야생화들에게 마음을 주면서부터는 달라졌다. 그늘이든 양지든, 바닷가든 산정이든 제자리에서 최선을 다해 꽃을 피우고 씨앗을 맺으며 수천 년 동안 멸종되지 않고 자생해온 야생화들에게 경외감이 들었다. 그 마음의 속내는 이 세상을 당달봉사처럼 허투루 살아온 지천명의 참회였다. 언제 어디에서 무엇을 하든 사춘기 연애에 달뜬 소년처럼 심장이 두근거렸다. 주변사람들이 꽃에 미친 남자라는 뜻의 '꽃미남' 혹은 야생화에 미친 남자인 '야미남'이라는 비웃음 반 부러움 반의 농담을 해도, 나는 검은등버꾸기처럼 "호호호" 웃을 수 있었다.

어쨌든 나는 야생화에게 많은 빚을 졌다. 덕분에 건강은 완전히 회복되었고, 이전과 이후의 삶은 완전히 달라졌다. 지구나 한반도 그 어느 곳에 가더라도 곳곳에 야생화가 있으니 심심하거나 외로울 틈이 없다. 봄 햇살 한 자락이 너무나 소중해지고, 여름 한낮의 태양마저 고마울 뿐이었다. 비가 오면 오는 대로, 바람이 불고 안개가 몰려와도 바로 그곳에서 만난 야생화의 새로운 모습에 감탄하며 충만해졌다.

날마다 날 부르는 사람은 없어도 나는 가야할 곳이 너무 많아졌다. 계절마다 전국 곳곳에서 야생화들이 피어나니 어찌 이를 외면할 수 있으랴. 날마다 상사병 같은 그리움이 가득하니 "백수가 과로사할 수도 있다"는 말은 참으로 기가 막힌 절창이 아닐 수 없다.

사진은 '빛의 예술'이라는 것을 조금씩 이해하면서도 그동안 '빛'이라는 말을 너무 좁게 해석해왔다는 것을 절감했다. 빛은 곧 시간이니 '시간의 예술'이며, 인간의 시간만으로는 가닿을 수 없는 하늘의 시간인 천시天時까지 되새겨야 했다.

그리하여 낮과 밤이 따로 없는 전천후 인간이 되었다. 아침저녁으로 기상청 일기예보를 보며 마음을 졸이다가 한밤중에도 가보고, 바람 불고 폭우가 내리는 날에도 가보았다. 갈 때마다 꽃들의 표정이 달랐다.

비가 오거나 먹구름이 밀려오면 우비를 입고 우산까지 챙기고는 지리산 형제봉으로 올라갔다. 비닐로 카메라를 덮어씌운 채 빗속의 지리터리풀을 찍고, 산수국과 참조팝나무와 노루오줌과 용둥굴레 앞에 주저앉았다. 장대비가 오고 더 짙은 구름이 몰려오기를 기다렸다.

사람도 그렇지만 야생화나 섬진강 또한 날마다 다른 얼굴, 다른 표정을 보여준다. 동서고금을 막론하고 같은 강, 같은 다리를 다시 건널 수 없다는 옛말은 여전한 진리다. 오늘의 나는 어제의 내가 아니듯이 섬진강 또한 어제의 섬진강이 아니다. 늘 변하면서도 타인에게는 '그 때 그 사람'이기를 강요하는 것은 일종의 폭력이 아닌가.

이른 새벽 블루 톤의 섬진강, 그 아스라함도 좋지만 어두워질수록 붉은 하늘빛을 받아들여 온몸 불타오르는 섬진강의 황홀경도 좋다. 흐르다 문득 돌아보는 황금빛 섬진강, 당신의 바로 이런 눈빛 때문에 나는 아직도 떠날 수 없다.

할미꽃, 봄비 따라 길 떠나는 꽃상여

　그 많던 할미꽃들은 다 어디로 갔을까. 오래된 무덤가에 많이 피어 있던 할미꽃들은 거의 다 사라지고, 강원도의 동강할미꽃처럼 좀체 만나기 어려운 희귀 야생화가 되었다.

　봄비 오는 날, 불현듯 몇 년 전에 봐둔 할미꽃들이 떠올랐다. 후다닥 우비를 입은 뒤 모터사이클을 타고 험한 임도로 들어섰다. 산을 넘어 하동군 오지인 논골마을의 그 무덤에 가봤지만 이미 할미꽃은 지고 있었다. 사나흘 정도 늦은 것이다.

　그래도 아쉬운 마음에 '인증 샷'이라도 남기고 싶었다. 비닐로 꽁꽁 싸맨 카메라를 꺼내 빗속에 엎드린 채 꽃빛이 바랜 할미꽃을 찍었다. 보송보송한 솜털에 빗방울이 맺히고 고개 숙인 할미꽃 너머로 빗방울들이 사선을 그으며 떨어졌다. 셔터 속도를 좀 더 낮추어 할미꽃 위로 내리는 긴 빗줄기를 잡았다.

내년 봄을 기약하며 가방에 카메라를 챙겨 넣었다. 산길을 달려 최참판댁과 평사리 부부소나무로 유명한 악양면 방향으로 내려서는데, 하중대 마을에서 막 꽃상여 하나가 나오는 것이었다. 도대체 얼마만에 보는 꽃상여인가. 10년 전 전남 구례군 문척면 마고실에서 본게 마지막이었다. 그동안 농촌의 장례문화도 현대식으로 바뀐 데다 마을상조회가 있다 하더라도 상여를 맬 젊은이들이 없다. 그러다보니 이제는 망자들이 꽃상여를 타고 선산의 무덤으로 가던 길이 사라져 버렸다.

얼른 논두렁 옆에 모터사이클을 세우고는 조심스레 카메라를 꺼냈다. 슬슬 눈치를 보다가 목례를 하며 가까이 다가갔다. 부슬부슬 봄비는 오는데 이 마을의 할머니 한 분이 그예 먼 길을 나선 것이다. 만장을 든 이들이 앞서고, 손주들이 할머니 영정사진을 들고 그 뒤를 잇고, 꽃상여를 맨 상여꾼들과 상주들이 곡을 하며 뒤따랐다. 한참을 따라가다가 슬그머니 비닐로 감싼 카메라를 들고 찍기 시작했다. 선소리꾼이 요령을 흔들며 "이제 가면 언제 오나. 북망산천 멀다더니 대문 앞이 저승일세" 소리를 했다. 애잔한 목소리가 봄비와 안개 속으로 퍼져나갔다.

오래 전에 떠나신 어머니 얼굴이 떠올랐다. 일평생 고생만 하다가 꽃상여 한 번 못 타보고 아버님 곁에 묻혔다. 청상과부 수절 35년의 세월은 그 얼마나 막막하고 팍팍했을까. 살아생전에는 아무 생각 없이 막살다가 불효막심하게도 내 나이 지천명을 넘어서야 겨우 알 것

도 같다.

어머님이 돌아가신 뒤 곧바로 사표를 내고 지리산에 들어왔다. 섬진강과 지리산을 드나들며 이사할 때마다 살갑게 나를 반겨준 것은 홀로 사는 뒷집 할머니들이었다. 그러니까 지리산에서 만나는 나의 또 다른 어머니들이었다.

구례군 죽마리 마고실에 살 때도 마찬가지였다. 뒷집 할머니는 날마다 섬진강변 산에 올랐다. 산언덕에 고구마 밭이 있기 때문이다. 동화책에나 나올 법한 이 꼬부랑 할머니는 여든 살을 넘겼지만, 수줍음도 많고 눈물도 많은 아직 어린 소녀였다. 이 할머니가 날마다 고구마 밭에 가는 것은 그해 봄에 돌아가신 할아버지의 무덤이 있기 때문이다.

무덤가에 앉아 하염없이 흐르는 섬진강을 내려다보며 우는 듯 속삭이는 듯 그렇게 한참을 앉았다가 담배 한 대를 피고는 산을 내려왔다. 나는 그저 아무 말도 못하고 강변 벚나무 그늘 아래 숨어서 숙연해지는 마음을 달랠 뿐, 저 도저한 슬픔을 어찌해 볼 도리가 없었다.

돌아가신 할아버지는 이 마을에 데릴사위로 들어와 할머니와 더불어 60년을 살았다. 여섯 가구 밖에 살지 않는 죽마리 마고실을 단 한 번도 떠나 산 적이 없다. 결혼 50주년의 금혼식을 넘어 60주년인 금강혼식金剛婚式을 맞이하고서야 돌아가셨으니 어찌 보면 여한이 없을 것 같았다.

그러나 할머니의 사랑과 슬픔은 청춘남녀의 격렬한 사랑보다 더 깊고도 슬퍼 보였다. 이미 돌아가신 지 오래이지만 할아버지의 무덤가에서 노을 지는 섬진강을 내려다보는 할머니는 어느새 이승과 저 승을 넘나들며 날마다 그를 만나고 있는지도 모를 일이었다.

객지에 나가 출세한 자식들이 모시고 살려고 해도 할머니는 요지 부동이었다. 아직도 돌아가신 할아버지의 이름으로 배달되는 고지서 나 종친회 안내문 등을 흐린 눈으로 읽으며, 문득 문득 할아버지의 부 재를 도저히 믿지 않는 것 같았다. "60년을 함께 살았응께, 한결같이 같이 살다가 죽을 때도 같이 죽을 줄 알았당께".

이런 심사의 할머니에게 나는 별로 해드릴 위로의 말을 찾지 못했 다. 그저 나의 네 번째 시집 『옛 애인의 집』을 할머니 집의 툇마루에 슬그머니 놓아두고 왔다. 「먼길」이라는 시가 실려 있는 63쪽을 살짝 접어두었다. 바로 그 시는 할아버지의 장례식을 도우며, 또 할머니의 깊은 슬픔을 엿보며 쓴 것이다.

돌담 위의 굴뚝새야
앞 도랑의 버들치야

강 건너
산 넘어 간다고
발 동동 구르지 마라

그곳에도

기다리는 이들이 있으니
한 번 가보는 것이다
저승길이 대문 밖이니
인연이 다했다고
발 동동 구르지 마라

먼저 가서
기다리는 사람들
저 세상에
더 많지 않겠느냐

며칠 뒤 도회지의 행사에 참석했다가 집에 돌아와 보니 툇마루 위에 검은 비닐봉지 하나가 놓여있었다. 막걸리 한 병과 돈 1만원, 그리고 풋고추가 들어있었다. 할머니가 흐린 눈으로 그 시를 읽어보았는지 알 길은 없지만, 기어코 무언가 감사의 표시를 한 것이다. 참 오랫동안 시를 써왔지만 독자에게 처음으로 직접 받은 책값 1만원을 돌려주지 못했다. 나는 강변으로 나가 풋고추 안주에 그 막걸리를 마셨다.

그리고 다시 세월은 흐르고, 봄비 속으로 악양의 하중대마을의 할머니 한분이 꽃상여를 타고 먼길을 떠났다. 이제 농촌이나 어촌에는 이렇게 어르신들이 한 분씩 떠나는 일만 남았다. 나의 어머니처럼 지구상에서 마지막 모성애로 일평생 고생만 하다가 돌아가시는 것이다.

진정한 헌신과 희생의 대명사는 이제 사라지고 인류는 대전환기를 맞았다.

그런데 할머니 한 분이 돌아가시는 것은 실로 엄청난 일이다. 그가 다니던 모든 길들이 사라지는 것이다. 하루에도 열두 번씩 드나들던 고추밭과 고구마 밭으로 난 길이 희미해진다. 외할머니가 돌아가시자 귀속골로 이어지던 길 하나가 지워지고, 어머니가 돌아가시자 탱자나무 울타리 사이로 이어지던 길이 순식간에 없어졌다.

어쩌면 돌아가시면서 이 세상의 길들을 하나씩 지워버리는지도 모른다. 고속도로며 인터넷 뻥뻥 뚫리는 시대에 문득 우리가 길을 잃는 것 또한 이와 무관하지 않을 것이다. 지구상에서 가장 아름다운 길들이 하나씩 사라지고 있다.

봄은 속도전이다

제 아무리 꽃샘추위가 브레이크를 잡아도 기어코 올 것은 오고야 만다. 두터운 외투를 다 벗기도 전에 매화며 산수유가 피어나더니 물앵두며 살구꽃, 벚꽃들이 삽시간에 섬진강과 지리산을 점령하고 있다. 마음도 몸도 아직은 겨울인데, 봄꽃에 대한 예의와 격식도 갖추기 전에 만화방창 봄기운에 포위되고 말았다.

봄은 빛의 계절이다. 햇빛, 꽃빛, 물빛, 산빛, 눈빛 등 현기증이 나고 두 눈이 멀어버릴 정도의 빛 잔치다. 어느 방송의 촬영 때문에 가게 된 목포 유달동의 섬, 반달모양의 달리도에서도 쪽빛 바다보다 더 강렬한 눈빛들을 만났다. 그동안 소주 안주에 즐겨 먹던 광어의 눈빛을 처음으로 자세히 보았다. 막 잡아와 펄떡거리는 광어의 눈빛 속에는 쪽빛이, 그것도 깊은 바다에서나 볼 수 있는 딥 블루, 울트라 블루가 강렬했다.

그리고 그 어부의 딸인 말괄량이 섬소녀, 달리도분교 2학년 유정이의 눈빛을 보는 순간 아주 오래 전에 만난 몽골 유목민의 딸이 떠올랐다. 어릴 적 고향 돌담 아래서나 보던 눈빛이었다. 바닷가 모래밭에 뒹구는 홍합 껍질도 역광을 받으니 쪽빛이 선연하게 살아나고, 섬에서 태어나 처음으로 배를 타고 육지로 팔려나가는 소, 한우의 그 큰 눈동자에도 바다와 하늘이 깃들어 쪽빛으로 빛나고 있었다. 섬의 소들이 난생 처음 뭍으로 나간다는 것은 곧 도살장행의 죽음을 의미한다. 이틀간 섬 이 곳 저 곳을 둘러보고 마지막 배를 탈 때 소의 슬픈 눈빛을 피할 수 없었다.

블루는 영혼의 빛이 분명하다. 하지만 육체도, 영혼도 다 빠져나간 폐가의 창호지문과 선풍기와 예수님 초상화 등을 보았을 때는 분명 빛이 나긴 나는데 다만 쪽빛이 없었다. 광어와 소녀와 홍합과 소의 눈빛이 이토록 닮았다는 것을 달리도에서 처음 알게 되었다.

그런데 이처럼 빛나던 눈빛들은 다 어디로 갔을까. 먹고 살만해지는 만큼, 나이가 들어갈수록 잃어버리는 것은 눈빛이 아닐까. 물론 절대고수는 함부로 눈빛을 보여주지 않고 안광을 흐릿하게 숨긴다는 얘기도 있지만 말이다.

어느새 매화꽃과 산수유가 피어나니, 따스한 남동향이 아니라 북서쪽 혹은 북동쪽의 아주 추운 이끼 골짜기에도 너도바람꽃이 피어날 때가 됐다. 네가 꽃이면 나도 꽃, 내가 바람이면 너도 바람이니 너도바람꽃이 아닌가. 이름만 들어도 봄바람 살랑거리는 바람꽃, 그 종

류도 참 여러 가지다. 원조 바람꽃과 더불어 너도바람꽃, 나도바람꽃, 변산바람꽃, 풍도바람꽃, 꿩의바람꽃, 남바람꽃. 회리바람꽃, 홀아비바람꽃, 들바람꽃, 태백바람꽃 등이다. 그 중에 색감이 단연 돋보이는 꽃은 변산바람꽃과 남방바람꽃이다.

하지만 그 모두가 형제자매 혹은 사촌지간이니 바람의 이름으로 저마다 환한 일가친척의 얼굴들이 아닐 수 없다. 그리하여 네가 먼저 피면 나도 필 것이고, 내가 먼저 지면 너도 질 것이다. 바람이 피우고 또 지우니 어찌 바람을 탓하랴. 시절인연이 닿았으니 일단 꽃부터 피우고 볼 일이 아닌가. 나중에 질 것을 미리 걱정하지는 말자. 지지 않는 꽃은 더 이상 꽃이 아니기 때문이다.

문득 이런 생각이 들었다. 다시 만난 청보라빛 노루귀처럼 사람 또한 1년 만에 문득 다시 마주칠 때 두 귀를 쫑긋 세우며, 눈빛을 빛내며, 환하게 포옹할 수 있는 이는 몇 명이나 될까. 아무 약속도 없이 마주쳐도 모두가 반가운 사람들이라면 그동안 그만큼 잘 살았으니 분명 행복한 사람일 것이다. 그러나 행여 단 한명이라도 외면하거나 피하고 싶은 사람이 있다면 불행한 일이 아닐 수 없다. 물론 안 보거나 마주치지 않으면 그만일지도 모르지만 그 또한 얼마나 서로 내상을 입는 일인가. 돌이켜보니 나 또한 두어 명 생긴 것 같으니 썩 잘 살아온 것은 아니다.

그리하여 청노루귀 앞에 엎드려 다짐을 해보는 것이다. 행여나 단 한 사람이라도 불편한 관계를 만드느니 차라리 청노루귀처럼 숲속에서

혼자 살다 가자고, 차라리 그리워만 하다가 수풀 속으로 스러지자고

　나도 한때는 물불 안 가리며 살던 시절이 있었다. 겨우 지천명이 지나서야 물과 불이 잘 맞아떨어지면 꽃을 피울 수도 있다는 것을 알 것도 같다. 물론 나는 아직 천명을 잘 모르지만 일단 물과 불이라도 제대로 가리며 살아야겠다고 속다짐할 뿐이다. 달밤의 늑대처럼 살던 시절을 지나 바야흐로 달밤의 식물 혹은 초식동물이 되는 중인지 알 수 없지만, 내 몸 속에도 뭔가 약수나 고로쇠 수액이 차오르는 이 느낌이 좋을 뿐이다.

　봄이 오고 가는 길목에서 봄꽃을 맞이하는 자세와 인간적인 예의를 생각한다. 어느새 살구꽃과 물앵두 꽃이 피기 시작했으니 말 그대로 "미치겠다, 우야노?" 하는 말이 연신 튀어나온다. 물앵두 꽃이 피면 일주일이나 열흘 뒤에 반드시 벚꽃이 핀다. 물앵두 꽃은 벚꽃과 똑같지만 열매가 좀 다르다. 물앵두는 말 그대로 머루포도만한 붉은 앵두가 열리고, 벚나무엔 보랏빛 검은 버찌가 열린다. 술을 많이 마신 날이면 물앵두나무에 올라가 한 움큼 물앵두를 따서 먹으면 갈증이 가시면서 술이 확 깬다. 벌써부터 입속에 신물이 고인다.

　어쩌란 말인가. 아직은 몸도 마음도 제대로 맞을 준비가 덜 됐는데 봄은 봄이다. 겨울옷도 안 벗고, 심장 아래 한 골짜기엔 아직도 폭설이 몰아치고, 세상은 여전히 아수라지옥인데 어쩌란 말인가. 봄은 이렇게 속도전으로 오는 것이다. 두서없는 삶이지만, 그래도 오시는 봄에게 맞절하며 정신 좀 차려야겠다.

'붉은 립스틱' 물매화와 금강초롱꽃

　추석 연휴부터 지리산에서 강원도 오지마을까지 다섯 번이나 찾아갔다. 봄부터 들락거렸지만 모터사이클을 타고 불원천리 강원도까지 뻔질나게 달려간 것은 순전히 가을야생화 때문이다. 화무십일홍이라는 선인들의 지혜가 아니더라도 가고 또 갈 때마다 야생화들은 피고 지고 또 피는 것이다. 그러니 열흘 늦게 가면 이미 그 야생화는 져버리고, 다시 그 꽃을 보려면 최소한 1년을 기다려야 하니 언제나 마음이 달뜰 수밖에 없다.

　틈만 나면 지리산 예저기를 어슬렁거리며 둘러보다 보면 채 1주일도 지나지 않아 강원도에 또 다른 꽃이 피었다는 화신이 도착한다. 물론 아무도 그 소식을 알려주는 사람이 없지만, 오래 마음을 주다보니 이제는 감으로 알게 되었다. 더구나 가을 야생화는 한해의 마지막 꽃들이 아닌가. 단풍과 더불어 마지막으로 불타오르고 나면 한 겨울의 상고대나 설화·빙화가 아니고서는 더 이상 살아있는 야생의 꽃을 볼 수 없다. 심지어 마치 현몽처럼 꿈속에서도 지리산과 강원도의 어느 골짜기가 환하게 다 보였다. 장자의 꿈처럼 내가 야생화인지, 야생화가 나를 부르는 것인지 헷갈릴 정도가 된 것이다. 너와 나의 분별지가 사라진 상태, 이런 경험은 참으로 오랜만이 아닐 수 없다. 첫 마음으로 시를 쓰던 시절, 그 문학청년기에 맛보았던 열정을 조금이라도 되찾았다고나 할까.

강원도 평창의 물매화를 만나러 가는 길은 마치 첫사랑처럼 가슴 설레고 벅찬 일이었다. 이 여인 때문에 살맛이 나고 입맛이 돌고 생기가 났다. 추석 연휴를 이 매력적인 여인에게 푹 빠져 지내며 한 달 동안 무려 다섯 번이나 그 머나먼 천리 길을 달려갔다. 해질 무렵까지 보다가 이른 새벽에 다시 가보아도 또 새로운 야생화였다.

특히 그 중에서도 '붉은 립스틱' 물매화는 압권이었다. '연지물매화'라 부르기도 하는데, 수술들이 투명하거나 연초록의 보석 같은 방울들을 단 채 암술을 에워싸고 있다. 바로 그 암술이 마치 어여쁜 여인이 붉은 립스틱을 진하게 바른 것 같다고 해서 붙여진 별명이다. 그냥 봐도 정말 아름다운데 접사렌즈를 들이대고 찍어보면 이 여인에게 흠뻑 빠지지 않을 수 없다. 더군다나 이른 아침 수술의 보석들 주위에 이슬방울들이 맺혀 있을 때 햇살이라도 살짝 내리비치면 환상 그 자체가 아닐 수 없다.

야생화 전문가들에게만 알려진 평창의 모 사찰 근처, 그리고 후배

김욱철·최영자 부부가 사는 정선의 오지마을 등지를 자주 찾아가다 보니 새로운 자생지 두 곳을 찾아내는 행운도 맛보았다. 차마 밝힐 수 없는 그 강변의 벼랑에서 뜻밖의 물매화를 만난 순간 흥분한 나머지 미끄러져 강물로 처박히기도 했다. 미끄러지는 와중에도 잽싸게 카메라를 바위틈에 밀어 넣어 강물에 빠뜨리지는 않았다. 머나먼 타지에서 나 홀로 물에 빠진 생쥐 꼴이 된 것이다.

새로 발견한 물매화의 개체수도 꽤 많았으며, 암술과 수술도 다양했다. 야생화 전문가들에게 알려진 곳 말고도 이렇게 강물이 굽이치는 멋진 곳에 살아있다니 참으로 고맙고 고마운 일이었다. 자생지가 알려지는 순간 해오라비난과 칠보치마처럼 멸종되거나 훼손되는 일이 빈번했으니 내게도 일평생의 '기쁜 비밀'이 하나 생긴 셈이다.

그러나 처음 사흘간 2,000 컷이 넘는 사진을 찍었지만 이 귀하고 아리따운 모습을 제대로 담지 못했다. 흥분을 채 가라앉히지 못해 미적 거리가 너무 가까운 탓도 있고, 아직 턱없이 사진 실력이 모자란 이유도 있었을 것이다. 그 때부터 장비 탓을 한 것도 사실이다. 물론 "사진은 실력보다 장비"라는 말에는 동의하지 않는다. 하지만 붉은 립스틱 물매화의 매혹적인 모습에 빠지자 나 또한 그 장비의 욕망이 한없이 꿈틀거리는 것을 제어하지 못했다. 사진을 찍기 시작한 이후 처음으로 싸구려 카메라 탓을 했다. 실력은 금방 느는 것이 아니니 일단 장비라도 바꿔 보고픈 욕구가 생긴 것이다.

지난 여름에는 강원도 만항재와 함백산에 갔다가 카메라를 망가

트리는 바람에 오래 전에 쓰던 낡은 카메라를 사용해왔다. 결국 카메라 본체를 중고로 업그레이드 하고 렌즈도 하나 장만해서 먼길을 가고 또 갔던 것이다. 실력이 모자라니 수천 컷의 사진을 찍은 덕분에 나름대로 마음에 드는 접사 사진을 얻을 수 있었다. 수많은 작가들이 물매화 사진을 찍어왔지만 그에 못지않은 사진이라는 것을 자부할 수 있게 되었다. 이른 아침 이슬방울들을 흠뻑 머금은 붉은립스틱 물매화는 좀체 만나기 힘든 가을의 화룡점정이었다.

돌이켜보면 쉰 살이 넘도록 나는 야생화들에게 해준 게 없는데, 나는 그들에게서 너무 많은 것들을 받았다. 세상은 여전히 시끄럽고 도처가 아수라지옥의 시절, 내가 물매화를 만나지 못했다면 어찌 견뎌낼 수 있었을까. 수천 번 무릎을 꿇고 호흡을 멈추며 오체투지의 자세로 땀을 뻘뻘 흘려도 고맙고 또 고마울 뿐이었다.

그리고 또 나를 감동시킨 야생화는 '강원도의 힘'을 느끼게 해준 금강초롱이었다. 금강산과 강원도 북부지역의 높은 산 두 곳에서만 사는 금강초롱은 희귀야생화답게 그 오묘한 보랏빛 색감만으로도 보는 이를 압도했다. 보일 듯 말 듯 초록의 숲속에 내걸린 보랏빛 초롱들은 보색대비에 가까운 환상 그 자체였다. 지리산에서는 볼 수 없는 꽃이니 더욱 그러했다.

그 높은 산을 오르락내리락 거리며 금강초롱을 실컷 만나고 돌아오는 길에 노랑물봉선과 흰물봉선을 만난 것도 행운이었다. 노랑물봉선을 따로 만나기도 쉽지 않은데 흰물봉선도 함께 서식하고 있었다.

거기에다 물봉선의 기본인 연보라 혹은 분홍빛 물봉선까지 가족처럼 한 곳에서 살고 있었다. 지리산의 어느 깊은 고개에서 흰물봉선을 만나고, 덕유산에서 노랑물봉선을 처음 만났을 때도 너무나 감격했다. 그런데 이 물봉선 3종 세트를 한 곳에서 만나게 되었으니 더 말해 무엇 하겠는가. 그것도 바로 옆자리에 어깨동무를 하고 피어난 이 3종 세트를 촬영하는 축복까지 받은 것이다. 굳이 명절 화투판 용어로 치자면 '일타삼피'가 아닌가.

어느 야생화 전문가는 이 사진을 보더니 "천왕봉 일출을 보듯이 삼대가 덕을 쌓았나 봐요. 아직 그 누구도 물봉선 3종 세트를 한 프레임에 담은 적이 없는 것 같다"라며 거듭 축하했다. 아직 야생화 초보인 내게는 엄청난 영광이 아닐 수 없었다. 여기에다 흰물봉선 중에서도 분홍반점 하나 없이 완전히 하얀데다 연노랑만 살짝 가미된 미색의 지리산표 '처진물봉선'까지 만났으니 물봉선 4종 세트를 한 해에다 만나본 셈이다.

시월 중순의 강원도행에서는 그 아름다운 물매화가 지고 있었다. 경북 청송의 주왕산 어느 골짜기에서는 벼랑 위의 둥근잎꿩의비름도 지고, 그 대신 마침내 정선바위솔 등이 피어나고 있었다. 강원도 전역과 경북, 그리고 충북지역을 넘나들며 자주쓴풀, 포천구절초, 단양쑥부쟁이, 동해안의 해국 등 금수강산에 마지막 피는 꽃들을 만나고 왔다. 일단 올해의 야생화 농사는 마무리에 접어든 셈이다. 내년에 다시 만나자고 기약을 하면서도 막 지기 시작하는 물매화를 보니 왠지 모르게 울컥하기도 했다. 모든 일이 그렇듯이 때를 안다는 것이 참으로 힘들다. 오면 가고, 가면 오고 시절인연을 제대로 알아차리려면 무애와 무욕이 아니고선 힘들다는 것을 새삼 깨닫는다.

지리산에 돌아와 수천 장의 사진들을 컴퓨터에 저장을 하고, 마침내 다 저장된 줄 알고 카메라 로우 포맷을 했다. 아뿔싸, 그런데 문제가 생기고 말았다. 파일 두 개 중 하나가 저장되지 않았던 것이다. 그 어렵게 모셔온 야생화들의 태반이 날아간 것이다. 포맷된 사진을 전문가도 끝내 살려내지 못하는 상황이 벌어졌다. 결국 동해안의 해국과 남한강의 단양쑥부쟁이, 그리고 정선바위솔을 찍으러 강원도를 다시 다녀와야 했다. 인생사 새옹지마라고, 잘 저장하지 못한 실수가 오히려 한 번 더 강원도의 야생화들을 만나는 기쁨을 선사한 것이다.

이렇게 야생화에 미치면서부터 문경의 어머님 산소에 벌초를 해도 함부로 야생화를 자르지 못했다. 불효막심한 자, 살아생전 속만 썩이다가 뒤늦게 '돌아온 탕자'로 돌아와 벌초를 하다가 문득 환생한 어머니를 만난 것이다. 부모님 무덤가에 피어난 도라지꽃 한 송이, 며느리밑씻개, 알며느리밥풀꽃들이 그 자체로 어머니 생전의 모습 그대로였다.

귀한 꽃만 찾아다니다 잠시 반성하며 두 무릎을 꿇었다. 따지고 보면 귀하거나 흔하거나, 미시와 거시, 광각과 접사의 세계가 크게 다르지 않다는 생각이 들었다.

심봤다! '조선 남바람꽃' 자생지 발견

화무십일홍이라 봄날은 여지없이 속도전으로 간다.

'우주 만물은 항상 생사와 인과가 끊임없이 윤회하므로 한 모양으로 머무르지 않는다'는 제행무상諸行無常을 되새기며 분분히 흐트러진 마음을 다잡아보는 것이다. 돌이켜보면 내 인생의 봄날 중에서 올봄은 유달리 충만한 날들이었다. 조금의 빈틈도 없이 꽉 차 있었다.

지천명의 나이를 넘기면서 비로소 한 줌의 봄 햇살, 단 1초의 시간도 아까웠다. 그 모두가 우리 산하에 수도 없이 피고 지는 야생화들 때문이었다. 지금 못 보면 다시 1년을 기다려야 하고, 그것도 무슨 보장이 있는 것도 아니니 이른 아침 눈을 뜨자마자 벌떡 일어나 카메라부터 챙기고는 모터사이클을 타고 섬진강과 지리산뿐만이 아니라 전국 곳곳을 누볐다. 날카로운 매의 눈으로 숲속을 살펴보며 온갖 꽃빛에 마음과 몸을 주었다. 마치 백일기도라도 하는 심정으로 봄날을 살다보니 강원도의 동강할미꽃을 원없이 만나는 등 나름대로 수많은 야생화들과 눈빛을 맞추며 생의 한 철 감격의 봄날을 살았다.

그 중에서도 가장 나를 감동시킨 것은 멸종위기식물인 남바람꽃 Anemone flaccida F. Schmidt이었다. 말 그대로 "아아, 심봤다!"였다. 1942년 구례에서 우리나라 최초로 발견된 뒤 그동안 자취를 감추었던 지리산표, 섬진강표인 '조선 남바람꽃'을 70여년 만에 찾아낸 것이다.

우리나라에서 자생하는 바람꽃 종류는 20여종이 있는데, 그 중에서 변산바람꽃과 더불어 가장 아름다운 꽃으로 정평이 나있다. 제주산은 꽃이 거의 흰색을 띄지만 내륙의 남바람꽃은 그 꽃잎의 미색바탕 뒷면에 연분홍빛이 살짝 감도는데, 너무나 매혹적이다 못해 치명적이다. 마치 첫사랑의 흔적 같다고나 할까. 아련하면서도 가슴을 미어지게 하는 그런 빛이 감돈다.

남바람꽃은 미나리아재비과 식물로 한국과 일본, 중국, 아무르지방에 분포하는데 우리나라에서는 제주도, 경남, 전북 지역에서 자생지가 발견되었다. 모두 소수의 개체가 작은 군락을 이뤄 보존이 필요한 희귀식물이다. 산림청에서는 남방바람꽃을 멸종위기종으로 지정하고, 이름을 최초 기록에 따라 남바람꽃으로 개명해 최근에서야 국가생물종지식정보시스템에 등록했다.

이미 몇 년 전부터 구례에서 남바람꽃을 보았다는 소문이 돌았지만, 그 근거가 될 만한 사진 한 장 볼 수가 없었다. 구례지역 곳곳을 수색해도 언제나 허탕이었다. 그런데 2013년 5월 중순에 깽깽이풀을 찍고 돌아오는 길에 어느 무덤가에서 잠시 쉬다가 처음 이 꽃과 마주쳤다. 하지만 이미 꽃이 다 진데다 달랑 두 포기만 있으니 다른 데서 이식된 것인지, 이곳에서 자생하고 있는 것인지 확신이 서지 않았다. 주변을 둘러보아도 나무와 풀들이 무성해 그저 묵묵히 비밀을 간직한 채 1년을 더 기다리는 수밖에 없었다.

벚꽃이 필 무렵부터 오며가며 남몰래 그 무덤가를 지켜보았다. 마침내 2014년 4월 9일, 벚꽃이 다 질 무렵에서야 몇 송이 꽃을 피운 남바람꽃과 제대로 마주쳤다. 흙바닥에 엎드려 카메라를 들이댔다. 일단 기록을 하고는 주변을 차근차근 둘러보았다. 역시 기대를 저버리지 않았다. 곳곳에 남바람꽃 일가들이 무더기로 하나 둘 모습을 드러내기 시작했다. 자생지라는 확신이 섰다. 차마 믿기 어려웠지만 정신을 차리고 보니 개채수도 엄청나게 많았다. 심봤다! 쾌재를 부르면서도 한편으로는 이를 어떻게 보존하고 보전해야할 것인지 걱정이 앞서기도 했다.

우리나라에서 맨 처음 남바람꽃을 발견한 사람은 구례 출신 박만규 선생이다. 그의 '조선산 남바람꽃 첫 발견 기록'은 이렇다. "1942년 4월 7일 귀향 때, 잠시 틈을 이용하여 전라남도 구례읍내 북방동北方町을 벗어나, 상수리나무 숲 속에 들어가 식물채집을 하다가 한국에서는 미기록인 남바람꽃의 대군락을 만났다. 마침 개화기여서 안성맞춤이었다. 여름이 되면 잎이나 지상의 줄기는 모두 말라죽고, 지하부만 살아남기 때문에 이 시기를 놓치면 쉽게 채집할 수 없다. 이 땅은

작은 언덕의 동사면으로 아직 상수리나무는 잎이 돋지 않아 햇볕이 잘 비치고, 다소 건조한 곳이었다."

하지만 어쩐 일인지 '봉성바람꽃'이라 부르기도 했던 이 꽃이 구례뿐만 아니라 전국적으로 사라졌다. 한참 뒤인 '2006년에서야 한라산 해발 500m 숲에서 발견되고, 경남 함안군 대산면 정암리 용화산 반구정, 그리고 2011년에 전북 순창군 회문산에서 발견됐다고 국립수목원이 공식 발표했다.

그러니까 현재 남바람꽃 서식지는 공식적으로 전국에 세 군데뿐이다. 이 모두 야생화 사진가들의 성지다. 2010년부터 산림청 국립수목원이 국립자연휴양림관리소와 함께 멸종위기식물인 남바람꽃 복원에 나섰다. 전북 회문산 서식지는 군사시설마냥 경고문과 함께 철책으로 둘러쌌으며, 경남 함안의 서식지 또한 철조망으로 에워싼 뒤 함안군에서 위임받은 할아버지 한 분이 관리를 해왔다. 사진을 찍고 싶은 사람은 허가를 받거나 울타리 주변에서 망원렌즈로 겨우 찍을 수 있다. 이따금 철책 바깥으로 소풍 나온 녀석들도 있었으니, 이 친구들이 수난을 당해왔다.

새로 발견한 구례의 이 자생지가 1942년 최초 발견지와 일치하는지는 정확히 알 수 없다. '이 땅은 작은 언덕의 동사면으로 아직 상수리나무는 잎이 돋지 않아 햇볕이 잘 비치고, 다소 건조한 곳이었다'는 박만규 선생의 기록으로 미뤄보면 다른 곳인 것 같다. 상수리나무 숲 속과 동사면은 같지만 '건조한 작은 언덕'이 아니기 때문이다. 당시 봉성리 등 구례의 더 많은 지역에 자생지가 있었다는 것은 분명해 보인다. 어찌됐든 다행히도 최초 발견지역인 구례에서 남바람꽃이 순창이나 함안보다 개체수가 많은 채 자생하고 있었다니 눈물겨울 수밖에 없다.

일단 구례군 문화원장이자 지리산자연환경생태보전회의 우두성 회장에게만 연락해 보존대책을 서두르기로 했다. 우두성 선생은 이미 박만규 선생을 잘 알고 있었다.

"박만규 선생은 구례군 광의면 지천리 태생이며 호양학교를 졸업한 분이며, 제 어머니의 고모부되는 사람입니다. 내가 중학교 다닐 무렵 생물교과서를 만든 분이지요. 제 어머님이 서울로 유학하게 된 것은 박만규 선생의 집에서 기거를 할 수 있었기 때문입니다. 박만규 선생의 아들 박종욱은 현재 서울대학교 생물학과 교수로 있습니다. 어렸을 때 제 아버님께서 식물채집을 도와주기도 했답니다. 아버님이 살아계시면 조선 남바람꽃 정보를 알 수 도 있었을 텐데 아쉽습니다. 군청 등과 잘 협의해서 곧바로 보전대책을 세우겠습니다."

우두성 선생은 남바람꽃을 바라보며 지난 3월에 작고하신 '지리산의 큰 어르신'인 아버지 우종수 선생을 더욱 그리워했다. 그리고는 단 며칠 사이에 구례군청 산림과와 구례문화원 등이 협의해 남바람꽃 보전대책을 세우기 시작했다.

한편, 내가 야생화사진동호회인 '야생화클럽'에 자생지 현장정보를 비밀에 부친 채 '최초 자생지 구례의 남바람꽃 사진'을 공개하자

호응이 뜨거웠다. 특히 닉네임 안단테를 쓰는 이는 전문가답게 곧바로 축하와 더불어 명칭 또한 남방바람꽃이 아니라 남바람꽃의 정당성에 대한 글을 올렸다.

　'피아산방 이원규 시인이 남바람꽃을 구례에서 발견했다는 소문을 듣고 확인해 보니, 과연 4월 9일자로 올라와 있군요. 이원규 선생의 발견은 이 식물의 최초 발견지에서 그 자생지를 확인한 것으로 박만규 선생 기록의 진위를 입증하는 쾌거입니다. 우리 식물학사에 큰 족적을 남기신 박만규 선생님의 발자취 중에 하나인 남바람꽃에 대한 정확한 이름을 찾아주기 위함입니다.

　남방바람꽃이 우리나라 문헌에 최초로 등장한 것은 2007년 『아열대농업생명과학연구지』에 실린 논문인 양영환 외 2인의 '제주미기록종:남방바람꽃'으로 알려져 있습니다. 이 논문에서 지칭하는 그 남방바람꽃의 궤적을 추적하면, 먼저 논문으로 발표되기 전 해인 2006년 4월 18일 노컷뉴스와 한겨레신문, 그리고 4월 20일 제주일보에 '미기록종 한라바람꽃'(가칭)이 한라산 550m 고지에서 발견되었다고 매스컴에서 떠들썩하게 보도 된 바가 있습니다. 그리고 그 한라바람꽃이 논문지에 발표되면서 남방바람꽃이라는 이름을 가지게 된 것입니다. (중략)

　이렇게 떠들썩하게 신문과 논물을 통하여 그 이름을 알리게 된 남방바람꽃이지만, 사실은 이 식물을 최초로 발견하고 보고한 이는 양영환과 이상태도 아닌 박만규 선생1906~1977입니다. 박만규 선생은 '조선산 남바람꽃에 대하여'란 논문에서 1942년 4월 7일 구례에서 이 식물을 최초로 발견하였고, 학명Anemone flaccida Fr. Schmidt의 정체를 밝힘과 동시에 '남바람꽃'이란 이름을 명확히 하였습니다.

이와 같이 무명의 아마추어도 아닌 우리 식물학사에 탁월한 발자취를 남긴 박만규 선생이 일찍이 발표한 식물을 두고 후학들은 까맣게 잊고 있다가 새로운 발견이라고 호들갑을 떨었으니 참으로 부끄러운 일입니다. 그리고 1942년에 이 땅에 자생하고 있음이 밝혀진 이 식물이 아직도 국가표준식물목록에 등록되지 않고 있습니다. 과연 그 내막을 들여다보면 잊혀진 것인지, 무시된 것인지, 아니면 업무태만인지 궁금해집니다. 그나마 지금 이 식물은 '남바람꽃'이란 이름으로 고쳐져 '국가생물종지식정보시스템'에 등록됐으니 다소 위안이 됩니다.'

야생화클럽 안단테님의 글은 그 자체로 깊은 내공을 보여준다. 날마다 이른 아침 눈을 뜨면 나는 마치 애인을 만나러 가는 심정으로 남바람꽃의 자태를 보러갔다. 하지만 남바람꽃이 환하게 더 피어나기를 기다리며 하루에도 몇 번씩 멀리서 지켜만 보았다. 행여나 보전되기도 전에 훼손되지는 않을지 노심초사하면서 말이다. 사실 전국의 야생화 자생지는 나 같은 야생화사진을 찍는 사람들 때문에 오히려 훼손되는 경우가 더 많다. 자생지가 알려지는 순간 전국의 진사들이 벌떼처럼 달려드니 급기야 초토화하고 마는 것이다.

그 중에서도 악질들이 있으니, 자기만 찍은 뒤 꽃대를 꺾어버리거나 아예 뽑아버리는 사람들이다. 더 알려지면 야생화 장사꾼들이 달려들어 무차별 남획을 하기도 한다. 그리하여 야생화클럽 같은 곳의 규칙은 첫째, 자생지의 구체적인 정보를 공개하지 않을 것, 둘째, 낙엽을 살짝 걷어내는 등을 제외하고는 절대로 인위적으로 연출하지 말 것 등이 불문율이다.

그러나, 그럼에도 불구하고 일부 몰지각한 이들은 야생화 미학의 본질을 망각하고는 개인의 욕망에만 치우치다보니 자신만 사진을 찍고는 야생화를 훼손하는 등의 만행을 저지르기도 한다. 지리산 정령치에서 발견된 단 한 포기의 '흰 하늘말나리'도 남원에 사는 한 중년 남자가 뽑아갔다는 제보를 받기도 했으며, 청노루귀 등을 캐어가는 50대 부부에게 항의를 했더니 오히려 "네가 무슨 상관이냐"며 화를 내기도 했다. 야생화들에 대한 모독이자 야생화처럼 이 땅 곳곳에 살아가는 사람들에 대한 모욕이 아닐 수 없다. 그래서 "차라리 발견되지 않는 것이 더 좋겠다"는 말까지 나오는 것이다.

올해도 설중雪中 변산바람꽃을 시작으로 많은 희귀 야생화들을 만나왔다. 특히 지난 4월 14일에는 남바람꽃의 감격이 채 가라앉기도 전에 거제도에서 애기송이풀을 찾았다. 애기송이풀 또한 멸종위기종으로 지정된 한국 특산식물이다. 경기도 가평·연천군과 거제도, 강원도 횡성군, 경북 영양군에 자생하고 있으며, 2013년 우리나라 21개 국립공원 중에서는 처음으로 경주국립공원 토함산에서 발견되기도 했다.

통영의 친구 윤미숙 씨에게서 슬쩍 얘기를 들은 뒤부터 거제도의 애기송이풀에 마음을 주었다. 때를 기다리다 거제도 골골을 누비며 기어코 찾아내고야 말았다. 그토록 귀하다는 흰애기송이풀 한 포기를 발견했으니, 마치 그 무슨 식물학자라도 된 듯이 그 계곡 숲속에서 환호성을 질렀다. 하지만 2~3일 정도 아주 짧은 시간만 꽃을 피우는 야생화이다보니 흰애기송이풀은 이미 지고 있었다. 내년에 천시를 잘 맞춰 다시 오라는 명이니 어찌하랴.

돌이켜보니 야생화를 찾아내는 데는 나름대로 비법이 생겼다. 비법이라야 겨우 당달봉사를 벗어나는 개안일 터인데, 이 또한 거제도를 비롯하여 전국을 3만 리 이상 걸어본 덕분일 것이다. 인생사 모든 일이 지나고 보면 다 나름대로 쓸모가 있는 법이다. 모터사이클을 타고 110만km 이상을 달리며 한반도 남쪽 이 마을 저 마을 한량처럼, 건달처럼, 날라리처럼 기웃거린 것도 큰 몫을 했을 것이다.

70년 만에 다시 찾아낸 구례 자생지의 남바람꽃, 이 아름다운 꽃이 지자 때는 신록의 완연한 봄이 왔다. 문득 흰 얼레지 꽃이 보고 싶어 다시 그 골짜기에 가보았다. 다행히도 그 자리 그대로 살아있었다. 흰 얼레지를 보면 마릴린 먼로의 그 유명한 사진이 떠오른다. 그런데 문득 얼레지 꽃이 날마다 활짝 꽃을 피우는데 얼마나 걸리는지, 이 '바람난 여인'이 흰 치마를 다 뒤집어쓰는 데 몇 분이 걸리는지 궁금해졌다.

옆에 쪼그리고 앉아 꽃잎 하나를 열 때마다 힘찬 격려의 박수를 보냈다. 2014년 3월 31일 오전 11시 25분까지 얼레지는 아직 꽃잎을 오므리고 있었다. 그러다 11시 57분에 꽃잎 한 장을 열더니 12시 7분

에 두 장을 열고, 12시 15분에 다섯 장 모두가 열리더니 마침내 12시 32분에 흰 치마를 확 뒤집어쓰는 것이었다. 그러고 보니 얼레지가 꽃을 다시 피우는데 정확히 67분이 걸렸다. 67분간의 전설이자 신화가 아닐 수 없었다.

그러다 오후 5시 산그림자 내릴 무렵이면 다시 치마를 내린다. 밤새 낮밤 기온 차이가 심한 환절기를 견디다가 아침 햇살이 비치기 시작하면 다시 꽃잎을 연다. 그렇게 얼레지는 날마다 화장을 고치며 새로운 꽃을 피운다. 화무십일홍이라더니, 열 번 이상을 피우고 또 피우다가 시절인연이 다하면 미련 없이 져버린다. 질 때는 지더라도 날마다 새 꽃을 피워 올리는 일, 얼레지 앞에 쪼그리고 앉아 또 한 수를 배웠다.

중국 황산의 '몽필생화'가 부럽지 않다

세간의 우스갯소리 중에 "백수가 과로사 한다"는 말이 있다. 지난 가을과 겨울 사이 내가 꼭 그랬다. 강연과 공연, 술자리 뒤풀이와 여행이 줄줄이 이어졌다. 여전히 돈 안 되는 일로 숨 돌릴 틈 없이 바쁘기만 했다.

그 와중에도 짬을 내 3박4일 동안 중국의 황산을 다녀왔다. 지리산 촌놈이 된 뒤부터 농담 삼아 "한반도에도 아직 가볼 곳이 너무나 많다. 그래서 공짜가 아니면 절대로 '외쿡' 안간다"고 입버릇처럼 하던 말이 씨가 됐는지 정말로 공짜 황산행이 이뤄졌다. 대전의 늘 고마운 벗 설산雪山 김영기의 무한배려 때문에 가능한 일이었다.

사진과 영화로만 보던 중국 최고의 명산인 황산의 서해대협곡 등을 거닐었다. "황산을 보면 다른 산은 산이 아니다"라는 말은 과장이 아니었다. 하지만 하루 종일 돌계단만 걷다보니 다리 근육이 마비될 정도로 아프고, 청송의 주왕산에서 둥근잎꿩의비름을 찍다가 벼랑에서 미끄러지는 바람에 금이 간 갈비뼈와 온몸이 쑤셨다.

황산의 운해와 소나무, 기암괴석 등이 유명하지만 그보다 내가 오랫동안 마음에 품었던 것은 시인 이태백의 사연이 깃든 몽필생화夢筆生花였다. 지리산처럼 1년에 200일 이상은 흐리거나 비가 온다더니 너무나 청명했다. 오히려 운해를 못 본 것이 아쉬울 정도였다. "아주 죄를 많이 지은 분이 오셨나 봐요. 황산이 이렇게도 맑은 것을 보면요." 연변 조선족 출신 가이드의 우스갯소리를 들으며, '삼대 째 내리 적선한 사람만 볼 수 있다'는 지리산 천왕봉 일출을 떠올렸다. 이 얼마나 여유로운 농담인가.

북해빈관, 그러니까 산정의 북해호텔 바로 앞에 꿈에도 그리던 몽필생화가 당당하게 서 있었다. 황산의 시신봉 길목 아래에 서 있는 몽필생화는 거대한 붓 모양의 기암절벽 꼭대기에 살아있는 한 그루의 소나무를 두고 이르는 말이다. 아직 어린 이태백이 '꿈속의 붓끝夢筆에서 꽃이 활짝 피어나는 것을 보았다生花'는데, 나이 오십 넘어 황산에 올랐다가 이 기암절벽 꼭대기의 소나무를 보았다고 한다. "예전에 내 꿈속에서 보던 생화거필生花巨筆이 바로 여기 있었구나!" 어린 시절의 꿈과 너무나 똑 같아 두 무릎을 쳤다는 것이다.

지리산의 고운 최치원 선생의 전설처럼 믿거나 말거나 상관없이 많은 생각을 던져준다. 어찌 됐든 1300년 세월의 몽필생화를 보는 순간 입이 딱 벌어졌다. '만약 이 거대한 필로 대지를 벼루 삼아 바닷물

에 먹을 갈고 푸른 하늘을 종이로 삼아 인간사 아름다움을 그릴 수 있다면 얼마나 좋을까.' 이태백의 모습이 눈앞에 선했다. 그러나 아쉽게도 이 소나무는 1970년 초에 고사하고 말았다. 그 후에 소나무 모조품을 꽂아 놓았다가 불과 몇 년 전에야 그와 비슷한 소나무를 옮겨 심은 뒤 그 높은 기암절벽을 오르내리며 지극정성으로 살려냈다고 한다.

시인 이태백이 이 몽필생화를 본 뒤부터 명시들이 줄줄 흘러나오는데 걷잡을 수 없었다고 한다. '나는 언제나 이런 명필을 가져보나' 내심 부럽기도 했지만, 얼른 그러한 생각마저 꼭꼭 씹어 삼켰다. 내게는 이름하여 족필足筆이 있지 않은가. 한반도 곳곳을 직립보행의 자세로 두 발로 직접 걷고 걸으며 사진을 찍고 시를 쓰는 족필, 이보다 더 좋은 붓이 그 어디 있겠는가.

중국 황산에서 운해를 못 본 것은 참으로 아쉬웠다. 하지만 귀국하자마자 청송 주왕산의 주산지에서 이른 아침의 황홀한 안개를 보았다. 개관한 지 얼마 안 된 객주문학관에서 열린 〈한국산문〉의 세미나에 참석한 뒤 하룻밤 자고 이른 새벽 영상 2도의 주산지에 가보았다. 물안개와 어우러진 왕버들 고사목은 몽환적이었다. 김기덕 감독의 아름다운 영화 〈봄 여름 가을 겨울 그리고 봄〉의 무대다운 곳이다.

만약에 이 영화의 세트장인 '물 위의 절집'을 철거하지 않았다면 얼마나 좋았을까. 경북 봉화군 춘양면 서벽리 출신인 김기덕 감독과는 몇 차례 인연이 있었다. 오래 전 홍천의 오지마을 작업실에서 만났

을 때 바로 이 수상사찰 철거 문제로 분개하던 모습이 선연하다. 저예
산영화를 고집하던 그가 처음으로 돈과 심혈을 기울여 만든 예술작
품이었다. 단순한 영화 세트장이 아니라 물살에 따라 빙글빙글 도는
상상력 최고의 걸작이었다.

당시만 해도 국립공원관리공단이나 청송군에서는 이 '물 위의 절
집 한 채'의 가치를 몰라봤다. 허울 좋은 '법대로'를 따지다가 대어를
놓친 것이다. 뒤늦게 불교계 등에서 다시 세트장 복원 시도를 했지만
끝내 무산되고 말았다. 참으로 아쉬운 대목이 아닐 수 없다. 이 영화
에 나왔던 나룻배는 주산지가 아니라 강원도 홍천의 산속 작업실에
올라와 있었다. 그 절의 기왓장과 나무 기둥 등은 김기덕 감독이 직접
지은 세 평짜리 황토방으로 탈바꿈했다. 그의 작업실은 영화 〈수취인
불명〉에 출연했던 미군 버스를 개조한 것이고, 산중에서의 탈것은 영
화 〈해안선〉에 나왔던 효성 125cc 오토바이 트로이였다.

지리산에도 몇 번 다녀간 김 감독이 나의 졸시집 『옛 애인의 집』
프로필을 보더니 "이시인, 저 금방 영화 하나 찍을 것 같아요" 하는
것이었다. '중고 오토바이 한 대가 전재산, 빈집을 전전했다'라는 그
한 문장에서 영화 시나리오 한 편을 구상했고, 곧바로 후다닥 찍은 영
화가 바로 베니스영화제 감독상 수상의 〈빈집〉이었다. 재희와 이승연
이 주연을 맡은 이 영화의 무대는 시골이 아니라 도시로 바뀌었다.

김 감독이 상을 받은 뒤 난생 처음으로 직접 차를 몰고 지리산까
지 왔다. 그런데 그 과정이 참으로 코믹했다. 그 때까지 완전초보였던

그는 서울에서 고속도로를 타고 시속 60km로만 달리며 직진만 하다가 부산까지 간 것이다. 첫 장거리 운전이었다. 부산에서 겨우 방향을 틀어 지리산까지 오는 동안 하루 종일 아무 것도 못 먹었다고 했다. 도착 예정시간을 8시간도 더 넘겨 도착한 그는 반쯤 얼이 빠진 몰골이었다. 천하의 명감독인 그도 운전자로서는 완전 초보였던 것이다.

그리고 청송 주왕산과 주산지, 절골에서만 사는 둥근잎꿩의비름을 생각하면 떠오르는 이가 있다. 바로 쾌남아 소설가 김주영 선생이다. 청송에 객주문학관이 완공 기념으로 민족연구소 소장인 평론가 임헌영 선생이 한국산문작가협회 제자들과 함께 방문했다. 김주영 선생은 그 좋아하던 술마저 끊고 손님들에게 술 접대를 했다. 원로작가가 일일이 테이블마다 동동주를 퍼다 나르고 요지와 휴지까지 챙겨주는 모습이 너무나 감동적이었다. 역시 대인다운 풍모였다.

아주 오래 전에 김주영 선생의 고향 진보장터를 찾아가는 문학기행에 동행한 적이 있다. 그 때 선생이 어머님을 만나자마자 개구장이 아이처럼 "엄마, 짜장면 사주까?" 하는 것이었다. 그 모습이 참으로 정겨워 보였고 내심 부러웠다. 당시 선생은 칠성사이다 광고의 모델이었는데 백두산 천지에서 그 맑은 물로 세수하는 장면이었다. 그날 어머님이 말씀하셨다. "내 아들이 기냥 소설가일 때는 동네 할매들이 안 알아주더니 맨날 텔레비전에 나오니 확 달라졌데이. 인자는 경로당에서 민화투 치다가 30원쯤 속여도 눈 감아준다카이" 하며 환하게 웃었다. 그 어머니의 그 아들도 바보처럼 허허 웃기만 했다.

이제는 선생의 어머니도, 불효막심한 막내아들인 나의 어머니도 먼길 떠나시고 말았다. 그날 밤 〈한국산문〉 세미나에서 나의 졸시 「달빛을 깨물다」를 낭송했더니 효자 김주영 선생이 돌아서서 눈물을 훔치고 있었다.

밤을 지새고 청송에서 지리산 화개동천으로 돌아오니 원로시인 한 분이 기다리고 있었다. 『그리운 바다 성산포』의 이생진 시인이었다. 칠불사 아래의 펜션 '시인의 정원'에서 '산에서 바다를 건지다'라는 현수막 하나 달랑 걸어놓고 문화난장을 벌인 것이다. 지역 원주민과 귀농 귀촌자들, 그리고 전국 각지에서 온 지리산 마니아들이 모두 출연자이자 구경꾼인 신명나는 밤이었다. 지난해 봄에 지리산에 온 이생진 선생이 "깊어가는 가을밤에 시와 노래로 한 번 놀자"던 말씀이 씨가 되어 활짝 꽃을 피웠다.

아흔을 바라보는 나이가 무색할 정도로 가히 시낭송의 프로였다. 대개 시인들의 시낭송은 뭔가 어색하고 촌스러운데(그게 또 하나의 미덕이었지만) 이생진 선생은 역시 대가였다. 모두 무료로 출연한 여러 가수와 춤꾼 등 모두 만만치 않았다. 특히 우리시대의 기타리스트 김광석 씨의 연주는 감동적이었다. 주인장 권행연 씨는 펜션 전체를 하룻밤 공짜로 내놓고, 음향과 장작과 술과 안주 등 모든 것이 십시일반 몸과 마음을 모으는 것으로 해결했다. 돈 없이 잘 살고, 돈 없이 잘 노는 방법이 바로 이런 게 아닌가. 과거 중국의 몽필생화가 뭐 그리 부러울 것인가.

어느새 섬진강에 큰고니와 독수리가 돌아오고, 눈발이 몰아친다. 천적일 것만 같은 독수리와 까치들이 악어와 악어새처럼 어울리기도 하고, 아침마다 물까치가 날아와 나의 늦잠을 깨워준다. 이른 아침부터 찾아와 "감나무의 대봉감 홍시 다 어디 갔느냐"고 난리를 친다. "야, 이 자식들아, 너희들이 다 먹었잖아! 난 반의 반도 못 먹었다구" 냅다 소리를 치려다말고 참는다. 우리 집의 살아있는 자명종들에게 미안했다. 곰곰 생각해보니 나는 아직 저희들의 잠을 단 한 번도 깨워준 적이 없었다.

진도 자란과 반려동물 천도재

    같은 하늘 아래 초록별 지구에 살아도 누구는 사람의 시간, 누구는 짐승의 시간, 누구는 악마의 시간으로 또 하루를 보낸다. 사람이 사람의 시간으로 사는 것도 만만찮은데, 이 땅의 시절들은 아무리 봐도 짐승의 시간을 넘어 악마의 시간으로 접어든 지 참으로 오래된 것 같다.

    가당치 않은 미몽일지도 모르지만 나는 오래도록 하늘의 시간을 꿈꿔왔다. 지리산 입산이 그러했고, 구름과 안개 속의 야생화인 몽유운무화를 찍으면서부터 더더욱 간절해졌다. 번잡하고 탁한 사람의 시간에서 잠시라도 벗어나 비와 눈이 내리는 산속으로 도피하고 싶었다. 차라리 비겁한 도피자여도 좋고, 후안무치의 무책임한 사람이어도 좋았다.

    천시天時는 말 그대로 두 무릎 꿇고 때를 기다릴 줄 아는 것이다.

그렇지 않고서는 구름과 안개 속에서의 몽유운무화 사진 한 장 구할 수 없다. 도무지 내 마음대로 되지 않는 것들에 대해 화를 낸다고 어차피 해결되는 것도 아니다. 조급하다고 마음만 앞서봤자 말짱 허당이라는 것을, 인시人時의 슭에 목줄을 매달고는 그 아무것도 제대로 이룰 수 없다는 것을, 하물며 수시獸時나 악마의 시간에 포로로 잡히는 순간 스스로 아수라지옥의 주인공이 될 뿐이라는 것을 뼈저리게 되새길 뿐이다.

내게 있어 하늘의 시간은 결국 미몽에 불과하겠지만 그래도 아주 잠깐이라도 엿본 그 순간만은 행복했다. 다시 인간의 시간을 살더라도 천시를 거역하는 일만은 하지 말아야겠다는 생각으로 다시 길을 나섰다. 진도와 해남에서만 피어나는 분홍빛 자란紫蘭 꽃 옆에서 며칠 동안 노숙을 하기로 했다.

2박 3일 동안의 진도행, 어느새 분홍빛 자란 꽃들이 지고 있었다. 우물쭈물하다가 꽃이 피고 지는 하늘의 시간에 제대로 때를 맞추지 못한 것이다. 그래도 눈물겨운 자란 꽃들은 바닷가 산 속에서 오로지 서쪽만을 바라보고 있었다. 마치 세월호 아이들이 환생이라도 한 것처럼 자란은 '서망西望의 꽃'이었다.

2014년 4월 16일이 떠올랐다. 그날 아침 나는 전북의 어느 산속에서 난생 처음 앵초를 만났다. 들뜬 마음으로 잠시 산에서 내려와 지방도 주변의 작은 식당에서 점심을 먹는데 텔레비전 속보에 세월호 사고 소식이 흘러나왔다. 그때만 해도 구조가 될 것이라는 희망적인

142

'오보'(?)였다. 그리고 며칠 뒤 깊은 슬픔으로 진도 팽목항을 찾았을 때 처음으로 자란을 만났다. 자란과 앵초의 분홍빛 꽃을 보며 아주 오래 전에 읽은 『아무도 미워하지 않는 자의 죽음』이란 책 제목을 떠올렸다.

그리고 1년 뒤 먼길을 떠난 단원고 2학년 7반 한 남학생의 부모를 만났다. 내내 눈물 그렁그렁한 그 어머니의 눈을 제대로 바라볼 수 없었다. 도대체 말문이 막혀 일단 다시 만나기로 하고 진도에서 찍은 자란 사진을 액자에 담아 드렸다. 이런 꽃빛으로 '환생'했을 것이란 말도 차마 하지 못했지만 아직 젊은 어머니는 자란을 보며 잠시나마 환하게 웃었다.

4월 26일엔 공주 영평사 금선대로 달려갔다. 최초의 '반려동물 천도재'가 열린 것이다. 세상의 어려운 이웃들에게 따스한 손을 내미는 사단법인 〈세상과 함께〉 창립식도 함께 치러졌다. 4대강 사업 강행 이후로 세상에서 종적을 감췄던 '삼보일배' '오체투지'의 수경收耕 스님께서 오랜만에 전화를 걸어와 반려동물 천도재를 지내니 고유문告由文을 한번 써보라고 했다.

그 이후 며칠 동안 먼길을 돌아다니며 끙끙 앓다가 우리집의 어여쁜 고양이 '아리'를 생각하며 발원문을 썼다. 지난해 12월 11일 고양이 아리가 죽었지만 아무에게도 말하지 않았다. 특히 아내인 '고알피엠 여사' 신희지 씨가 너무나 사랑하던 아이였으니 한동안 야생으로 돌아간 것으로 하고 비밀에 부칠 수밖에 없었다.

144

그 무렵 며칠 만에 집에 들어온 아리가 좀 이상했다. 난 그저 바람이 났다가 돌아온 것이려니 했는데 몸이 축 늘어진 채로 자꾸 구역질을 하며 노란 물을 토하는 것이었다. 처음에는 조금 아픈가보다 하고 약을 사다가 먹였지만 아무 소용이 없었다. 그 축 처진 몸으로 내 무릎 위로 기어와서는 간신히 눈을 떴다 감았다 하면서 숨을 헐떡이고 있었다.

머리를 쓰다듬어줄 뿐 어찌해 볼 도리가 없었다. 시골이다보니 애초부터 동물병원으로 데리고 가지 못한 것을 후회했지만 이미 너무 늦었다는 예감이 들었다. 유난히 강아지처럼 애교가 많던 아리, 그래서 별명이 '개냥이'로 불리던 아리가 눈을 뜨고 나를 한 번 쳐다보는가 싶더니 아무 기척이 없었다. 너무나 평온하게 잠들었다. 처음에는 눈물도 나오지 않았다. 나는 하얀 속옷으로 아리의 몸을 감싼 채 섬진강이 내려다보이는 매화나무 아래 묻어주었다. 겨울이 지나고 제일 먼저 하얀 매화꽃으로 피어나기를 바라며 묻기 전에 마지막 사진을 찍어주었다.

나중에 안 일이지만 우리 동네의 누군가가 쥐약을 놓는 만행을 저질렀다. 그 많던 고양이들이 몰살을 당한 것이다. 10년 전 구례의 마고실에 살 때도 이와 꼭 같은 일이 벌어졌었다. 그 누구를 탓하겠는가. 세상 곳곳에 '살처분'이라는 말도 안 되는 집단학살이 버젓이 자행되고, 세월호 아이들과 유족들의 슬픔마저 의심하려는 세상이 아닌가. 동물과 약자를 함부로 대하는 천박한 곳에서 정의는 자리할 곳이 없다.

나 또한 반려동물 천도재에 어여쁜 고양이 아리의 위패를 올리고, 삼라만상의 모든 생명들에게 참회의 절을 하며「동물 천도재 고유문」을 낭독했다.

먼길 떠나는 길동무들의 극락왕생을 축원합니다

만화방창 환한 봄날입니다.
산벚꽃이며 산복사꽃이 너무나 환해서 오히려 더 슬픈 봄날입니다.
꽃그늘에 앉아 두 눈을 감으면
세상도처에서 울부짖는 소리들이 먹구름처럼 밀려오고
울컥울컥 목구멍 속에서 서러운 버섯들이 자랍니다.
그 눈빛, 그 목소리, 그 자태, 그 약속만 남기고
그립고 그리운 몸은 그예 먼길을 떠나고 말았습니다.

하루 종일 쓰다듬고 품고 비비던 길동무도 없이
지금의 내 몸이 나의 몸인지요.
기쁠 때나 슬플 때나 화가 날 때마저 가까이 교감하던 길동무도 없이
지금의 내 마음이 나의 마음인지요.
세상만물이 다 그러하듯이 언제나 한 몸 한 마음이었습니다.

한 식구였고, 친구였고, 애인이었고, 길동무였습니다.
네가 아프니 내가 아프고, 내가 슬프니 네가 슬퍼하던
나는 너였고, 너는 바로 나였습니다.

그토록 사랑하던 길동무를 멀리 보내고
퉁퉁 부은 눈으로 세상을 둘러보노라면
하나의 죽음은 단 하나의 죽음만이 아니었습니다.
이웃마을 농장에 단 한 명의 친구가 조류인플루엔자에 감염됐다고,
아픈 친구와 단지 조금 더 가까운 곳에 살았다는 이유만으로
그 모두가 살처분 되는 나라,
살처분이 아니라 버젓이 집단학살이 자행되는 광기의 나라,
집단우울증과 전국민적 발광이 전혀 이상하지 않고
산과 강과 바다가 죽어가고,
철조망 허리띠를 칭칭 감은 채 이 땅 한반도의 모두가 아픈 데도
그 아무도 통증을 느끼지 못하는 나라.
우리는 지금 21세기라는 아수라지옥에 살고 있습니다.

지난 밤에도 산중 포장도로를 건너다가 로드킬 당한 고라니의 비명
소리,
우리는 그 소리에 두 귀를 틀어막았습니다.
전국 온갖 사육장의 철창 안에서 옴짝달싹못하며

태어나자마자 죽음의 순번만을 기다리는
살아 생명체가 아닌 이미 죽은 건강식품들의 절규,
왜 죽어야 하는지도 모른 채 생매장 당한 수백만 목숨의
그 간절한 눈빛들을 외면하고 말았습니다.
그리고 1년이 지나도록 두 눈을 감지 못하는 맹골수도의 아이들,
그 아이들이 바다 속 컴컴한 배안에서 울부짖을 때
바로 그곳에는 구조대도 희망도 없었습니다.

단 한번이라도 고라니의 비명소리에 귀를 기울이지 않고
그 누구를 사랑한다 말 할 수 있으며,
발 아래 아주 가까이 풀 한 포기 땅강아지 한 마리 살펴보지 않고
그 누구를 그리워할 수 있으며,
살아생전 날마다 지옥의 사육장을 외면하는 동시에
이와 똑같이 아파트 층간소음만으로도 살인충동을 억누르지 못하고
그 누가 행복한 밥상과 건강에 대해 얘기할 수 있겠는지요.

만화방창 환한 봄날입니다.
하지만 환해서 더 서러운 꽃그늘에 앉아 두 눈을 감으면
세상도처에서 울부짖는 소리들이 안개처럼 밀려오고
울컥울컥 목구멍 속에서 슬픈 독버섯들이 자랍니다.
안타깝게도 먼길 떠나고 말았지만

언제나 한 식구였고, 친구였고, 애인이었습니다.

동물들은 단지 하나의 건강식품이 아니라 우리들의 길동무입니다.

동물들은 단지 장난감이 아니라 생명교감의 영원한 반려자들입니다.

그 눈빛, 그 목소리, 그 자태, 그 약속만 남기고

그예 먼길을 떠난 길동무들의 극락왕생을 축원합니다.

이제는 그대가 환해질 일만 남았습니다.

원한 다 풀고 환하게 다시 태어날 일만 남았습니다.

온 세상의 내 몸은 이미 너의 몸이고

너의 마음은 이미 내 마음이니

뒤늦은 발로참회와 생명연대의 자각으로

극락왕생을 축원하고 또 축원합니다.

벚꽃 그늘 아래 '밭두렁 사진전'

　사진은 '시간의 예술'이다. 눈 깜빡하는 것보다 빠른 8000분의 1초로 담을 수도 있고, 장노출로 30초 혹은 그 이상의 시간으로도 빛을 모을 수 있다. 40분의 1초 정도로 담으면 빗방울마저 점이 아니라 빛의 궤적으로 기다란 선이 된다. 이정록 시인은 '달은 윙크 하는데 한 달이 걸린다'고 했는데 정말 대단한 장노출이 아닐 수 없다.

　이른 새벽에 동해안 주상절리대를 찾아갔다. 새벽 4시의 파도는 절정이었다. 여명 속의 부채꼴 주상절리대는 한 송이 해국처럼 꽃을 피우고 있었다. 저 오래된 돌꽃의 시간을 조금이라도 이해하려면 장노출을 피할 수 없다. 그래 봤자 인간의 시간은 저 신생대 돌기둥들의 시간 앞에서는 찰나가 아닌가.

　누군가의 한 생애처럼 파도가 한 번씩 지나가며 흔적을 남기고, 그 흔적 위에 또 다시 파도가 몰려오고, 장노출 90초의 사진과 25초의 사진 속에 마침내 파도는 안개처럼 피어올랐다. 정면의 일출은 아니었지만 블루 톤과 붉은 하늘빛이 잘 스며들었다. 신생대의 주상절리대를 바라보며 소리쳐 보는 것이다. "내 생의 한 파도가 또 이렇게 지나간다. 피어라, 돌꽃!"이라고.

동해의 기운을 품고 돌아오니 벚꽃 환한 봄날이었다. 지리산 촌놈 세 명이 〈밭두렁 사진전〉을 열었다. 화개장터 벚꽃축제를 맞아 잔치 한 판을 벌인 것이다. 이름하여 〈지리산 섬진강의 야생화- 밭두렁 사진전〉(김인호, 김종관, 이원규 3인전)이다. 3월 26일~4월 3일, 쌍계사 벚꽃길 밭두렁에 작품 10점씩, 총 30점의 사진을 내걸었다. '섬진강 편지'의 김인호 시인, 지리산 화개골 토박이 김종관 형과 더불어 '친교의 장'인 포장마차 주막도 열었다.

20여 년 동안 야생화 사진을 찍어온 김인호 시인은 지리산 깊은 골에서 발견한 복주머니란, 설중 변산바람꽃, 흰망태버섯 등의 야생화 사진과 노고단에서 바라본 섬진강 풍경 등 10점을 선보였다. '지리산 도사'로 통할 만큼 지리산 거의 모든 골짜기를 누벼온 화개골 토박이 김종관 씨는 숙은처녀치마꽃, 지리터리풀, 참바위취 등의 고산지대 야생화 사진과 천왕봉 등에서 바라본 풍경사진 등을 내놓았다. 나는 지리산 최초로 발견한 남바람꽃, 벼랑 위에 어렵게 살아남은 석곡, 설중 복수초와 녹차꽃 등의 야생화 사진과 섬진강 풍경 사진 등을 내걸었다.

우리 세 명은 이미 몇 년 전부터 지리산과 섬진강 어느 곳에서든 아무런 약속도 없이 카메라 하나로 만났다. 일반인들은 잘 알 수 없는

154

희귀야생화 자생지, 섬진강 노을이 유난히 돋보이는 구재봉 활공장 등에서 누가 먼저랄 것도 없이 날마다 마주쳤다. 3인의 〈밭두렁 사진전〉은 이미 1년 전부터 구상해오다가 이번 화개장터 벚꽃축제를 맞아 의기투합했다. 실내 사진전보다 야생화에 더 어울리는 봄날의 야외전시를 택한 것도 이 때문이다. A2 사이즈의 액자사진 30점, 이것이 부담스러운 사람들을 위해 A4 사이즈의 작은 액자 사진들도 내놓았다.

벚꽃 환한 그늘 아래 사진전과 더불어 포장마차 주막까지 열었으니 봄날 흥취가 한껏 달아올랐다. 벚꽃이 피기 직전부터 다 질 때까지 9일 동안 벚꽃 나무 아래 날마다 출근했다. 멀리서 반가운 벗들이 나비처럼 모여들었으니 대낮부터 취중 몽유의 날들이 이어졌다.

예고도 없이 서울의 김주대 시인이 찾아왔고, 서홍관 시인과 충북 영동의 양문규 시인, 경북 상주의 황구하 시인, 광주의 나종영 시인, 순천의 석연경 시인, 화순의 조동례 시인, 구례의 김해화, 송태웅 시인 등이 찾아와 술판을 벌였다. 영화감독 임순례 선생과 사진가 조용철, 주기중 선배 등도 찾아주었다. 섬진강변 19번 국도가 막히는데도 불구하고 시사평론가 이강윤 선생 등 9일 동안 봄꽃 손님들이 벌 나비처럼 날아들었다. 너무나 고맙고 고마울 뿐이다.

그런데 문제는 날마다 막걸리를 마셔야 한다는 것이었다. 내 코가 복사꽃보다 먼저 벌겋게 피어날 태세였다. 단 이틀 만에 고주망태, 인사불성이 되고 보니 슬슬 겁이 나기도 했다. 하지만 교대로 자리를 지

키며 벚꽃 피기 전에 시작한 〈밭두렁 사진전〉을 벚꽃 지는 날에 잘 마쳤다. 흑자도 없고 적자도 없이 꽃그늘 아래 한 마당 잔치를 벌였으니 이 보다 더 좋을 수야 있을까.

꽃은 지고 또 다시 봄날은 가고 있다. 인생은 날마다 개화의 날들이 아니라 지는 꽃들의 잔치인지 모른다. 그러기에 인생사 호사다마, 새옹지마라 했던가. 기어코 일이 터지고 말았다. 밤 벚꽃 환하게 피는 봄날에 "집을 비워 달라"는 통보를 받았다. 이소離巢인가, 이사인가. 결국은 둥지를 떠날 때가 다가온 것이다. 지리산 빈털터리가 빈집에서 쫓겨날 때가 되었다.

이미 지리산에서 7번째 이사를 했으니 사실 그동안 너무 오래 살았다. 돈을 적게 벌고 적게 쓰는 최소한의 반자본주의로 살아오는 동안 지리산과 섬진강 주변의 땅값이 오르고, 빈집마저 모두 사라졌으니 언제든 쫓겨날 수도 있다. 하지만 지리산과 섬진강에 19년을 살아도 송곳 하나 꽂을 땅이 없다니! 한편 서럽기도 하지만, 오히려 치열하게 더 자랑스럽게 잘 살아왔다며 자축했다. 중고 모터사이클과 텐트, 그리고 넉살 좋은 아내가 있으니 이후의 날들은 또 지리산이 아니어도, 굳이 섬진강이 아니어도 그 어딘가에서 이어지고 또 이어질 것이다.

가는 곳이 그 어딘지 꼭 알고 날아야 하는가. 조금은 더 자유로워졌을 뿐이다. 그러고 보니 백석 시인의 시 '빈집', 기형도의 '빈집'은 얼마나 낭만적인지 이제야 알겠다. 빈집은 봄빛 다 사라진 그 어딘가에 있을 것이다. 시절인연의 빈집을 찾아 다시 먼 길을 나선다.

'땅 한 평 구하기' 인터넷 사진전의 기적

　　입산 20년을 맞으면서 고심하지 않을 수 없었다. '돈 덜 벌고 더 행복하게 살아보자'는 나름대로 폼 나는 슬로건의 깃발이 무참해졌다. 지리산과 섬진강은 그대로인데 빈집과 땅값은 한 때의 '강남 불패의 신화'처럼 기세를 드높이고 있다. 산에 올라 밤을 지새우며 섬진강을 내려다보았다. 도대체 마땅한 방법이 없었다.

　　35년 동안 쓴 시는 아무런 도움이 안 되니, 겨우 기대할 만한 것이 사진뿐이었다. 그리하여 고심 끝에 인터넷 사진전을 열었다. 그것도 유일한 소통 공간인 페이스북에 일생일대의 '구원의 손길'을 내밀며, 이름하여 〈땅 한 평 구하기 인터넷 사진전〉을 시작한 것이다. 사진작품 17개를 내걸며 장문의 글을 올렸다.

　　"살다보니 별짓을 다하게 되네요. 후안무치한 일이지만 가만히 앉아 있을 수만도 없어, 고심 끝에 인터넷 사진전을 열려고 합니다. 〈땅한 평 구하기 인터넷 사진전〉입니다. 말하자면 인터넷 앵벌이 사진전이지요. 시인이 시를 내놓아야 하는데 함민복 시인의 말처럼 '긍정적인 밥'이 되지 못하네요.

혹시 마음에 드는 사진이 있고 여유가 있어 사진을 선택해 주신다면, 사진 1점 값으로 비교적 싼 땅 한 평을 살 수 있습니다. 사진은 A2 사이즈, 액자 크기는 63.4×46.0cm, 소장가는 30만원입니다.

지리산에서 빈집 구하기가 '라이언 일병 구하기'보다 어렵다는 것은 진작 알았지만, 막상 닥치고 보니 막막한 날들입니다. '철새는 집이 없다'는 말로 스스로 위로하며 19년 동안 7번째 빈집을 찾아 잘 살아왔지요. 지리산과 섬진강의 예저기를 떠돌며 가난을 자처하면서도 당당하고 행복했습니다.

그런데 세상이 너무 빠르게 변하네요. 전국의 오지 어디든 다 마찬가지겠지요. 지리산 입산 무렵에는 시골 빈집 값이 수백 만 원 정도였는데 어느새 20, 30배가 올랐습니다. 3만 원 정도의 땅값이 열 배 스무 배 뛰었으니 이제 지리산도 부동산 투기의 땅이 되고 말았습니다.

빌려 살만한 집은 이제 구하기가 어려워졌습니다. 무정처의 날들에 발목이 잡히고 말았지요. 우리 뒷집이 월세를 놓는다는데 알아보니 보증금 1천만 원에 월세가 50만 원이라네요. 이건 뭐 도시와 크게 다를 바 없습니다. 거의 공짜로 살다시피 한 지난날의 집주인들에게 감사의 큰 절이라도 올리고 싶습니다. 지금 살고 있는 집주인이 너무

착해 이사할 때까지 당분간 좀 더 살아도 된다고 했습니다. 그나마 큰 위안이 되었지요.

막상 집을 비우게 되니 많은 분들이 격려와 따뜻한 손길을 내밀 었습니다. 고맙고도 고맙습니다. 세상에 큰 도움이 될 일은 못해도 큰 죄는 안 짓고 살아야겠다는 것을 절감했습니다. 몇몇 분들이 이제 그 만 땅이라도 좀 사라며 선뜻 적지 않은 돈을 내미는가 하면, 대구의 어느 분은 아무 조건 없이 땅을 빌려주겠다고 했고, 친구와 선후배들 이 빈집 수리 막노동을 돕겠다고 했습니다. 고향 문경의 친구는 집 걱 정 말고 이제 그만 고향으로 돌아오라고도 했습니다. 지방자치단체에 서도 몇 가지 좋은 제안은 있었지만 더 부담스러운 일이었습니다.

반자본주의의 지난 날들을 절대 후회하지는 않지만, 고마움을 넘 어 정말 눈물겨운 일이었습니다. 그런데 한 분에게만 신세를 지는 것 은 아무래도 부담이 너무 큰 일이 아닐 수 없습니다. 나의 전재산인 중고 모터사이클을 팔아봐야 이미 15만km를 넘기는 바람에 헐값이 니 큰 도움도 안 되네요. 바이크 대신 집을 샀더라면 아마 부자가 되 었을 겁니다. 땅 한 평 갖지 않겠다는 맹세가 대출 하나 받을 수 없는 부메랑으로 돌아왔습니다. 밤새 돌아누워 한숨을 쉬는 아내에게 처음 으로 미안했습니다. 15년 동안 "제발 돈 얘기, 집 얘기 하지 마라. 서 울 살지 뭐 하러 지리산에 왔느냐"며 큰 소리만 치다가 아주 꼴좋게 되었습니다.

그리하여 고심 끝에 페이스북에 인터넷 사진전을 하기로 했습니

162

다. 사진가 주기중 선배의 '집들이 선물을 사진으로!' 라는 슬로건에 힌트를 얻고, 서울의 어느 분이 제 사진을 디지털로 전세계에 판매하는 것을 제안한 바 있는데, 그 제안에서 또 힘을 얻었습니다.

사실 5월 10일부터 17일까지 1주일 동안 서울 인사동의 인덱스갤러리에서 초대개인사진전이 예정돼 있었습니다. 아직은 제 사진도 좀 시원찮고 서울이라는 도시가 너무 부담스러워 고민하다 어렵사리 수락을 했는데, 결국 집을 비우게 되는 바람에 그 모든 것을 취소했습니다. 사진평론가이자 갤러리 관장인 최건수 선생님께는 큰 결례를 범해 면목이 없습니다.

하지만 서울의 전시회라는 것이 어쩌면 '빛 좋은 개살구'인지도 모른다는 생각을 지울 수 없는 것도 사실입니다. 결국 갤러리에도, 사진작가에게도 큰 도움이 안 되면서 겨우 폼만 좀 잡는 일이 아닌가 하는 의구심이 들기도 했습니다.

얼마 전에 야생화 깽깽이풀을 찍으러 산에 갔다가 섬진강 건너 광양시 다압면에 사는 분을 만났습니다. 우연히 빈집 구하는 얘기를 하다가 그 분의 소개로 빈집까지 가보게 되었습니다. 40년 된 집이지만 본체는 조금 수리하면 되고, 주변의 창고 등은 아주 낡았지만 조용한 외딴집이었습니다.

물론 지리산과 섬진강은 보이지 않는 마을입니다. 그만큼 더 조용하고 시골 인심이 살아있는 곳이지요. 그동안은 운 좋게도 지리산에 기대어 살고, 섬진강을 바라보며 살아왔지요. 하지만 이제 지리산과

섬진강은 만원이니 떠날 수밖에요. 남의 집에 무임승차 하려던 시절은 아쉽게도 이제 끝났습니다.

지리산에 기대어 살지 않는다고 지리산이 없는 것도 아니고, 섬진강이 한눈에 안 보인다고 섬진강이 없는 것도 아니겠지요. 마음만 먹으면 언제나 지리산을 바라볼 수 있고, 섬진강 또한 몸을 조금만 움직이면 다가갈 수 있습니다.

떠날 때가 되었으니 떠나야겠지요. 고향 문경도 좋고 시골이면 그 어디든 다 좋지만 아직은 좀 더 지리산과 섬진강 가까이 살고 싶은 마음을 쉽게 지우지 못하겠습니다. 나 혼자라면 모터사이클에 텐트 하나 싣고 주유천하 떠돌이로 살아도 괜찮겠지만, 이마저 나 혼자만의 욕심이겠지요. 잠시 무릎을 꿇습니다.

변명이 너무 길었습니다. 졸작 사진 17작품을 선별해 올립니다. 〈땅 1평 구하기 사진전〉을 1주일 정도만 진행합니다. 지난 다섯 번의 사진전에 선을 보인 것도 있고 신작도 있습니다. 혹시 마음에 드는 사진이 있고, 여유가 좀 있으시면 메시지나 댓글로 연락주시기 바랍니다.

행여 거처가 마무리되면 하룻밤 주무시고 갈 수 있도록 초대하겠습니다. 공유共有의 집 〈피아산방〉彼我山房에 그 이름을 깊이 새기겠습니다. 에디션은 지난 5번 전시를 합산해 작품당 30으로 하겠습니다. 그렇다고 너무 부담은 가지지 마시구요, 다만 응원해주시길 바랄 뿐입니다. 망신살이라 해도 달게 받겠습니다. 격려해주신 여러분께 감사의 큰 절을 올립니다."

이렇게 궁여지책으로 망신살을 자초하는 '페이스북 사진전'을 열게 됐다. 그런데 이게 예상보다 엄청남 반향을 몰고 왔다. 마치 기적 같은 일이 벌어진 것이다. 새벽 3시에 올렸는데도 불구하고 전국의 수많은 페이스북 친구들이 격려와 성원을 보내왔다. 일일이 답글을 달기가 힘들 정도였다. 그리하여 1주일 정도 하려던 계획을 3박4일 만에 전격 취소해야 했다. 다시 이런 글을 올릴 수밖에 없었다.

"〈땅 한 평 구하기 사진전〉을 서둘러 마감합니다. 1주일 정도 진행하려 했지만 예상 밖의 너무나 큰 성원에 정신이 하나도 없었네요. 지난 4일 동안 너무 너무 행복하고 한없이 고마웠습니다. 한편으로는 덜컥 겁도 나고, 두렵고, 민망했습니다. 이번 '페이스북 사진전'은 저에게 정말 기적 같은 사건이 아닐 수 없습니다.

페이스북에 공유하며 성원해주신 분들, 그리고 격려의 답글을 달아주시고 응원의 문자를 보내 주신 페친 여러분들 너무 고맙습니다. 그리고 무엇보다 저의 사진들을 소장해주시며 큰 힘을 보태주신 여러분께 감사의 큰 절을 올립니다. 가을쯤 마무리될 새 둥지에 그 이름들을 한 자 한 자 새기겠습니다. 일일이 그 이름들을 다 공개할 수는 없지만 소유가 아닌 공유의 둥지를 만들어보겠습니다.

오래된 시골집이지만 일일이 손을 보아 나름대로 아늑한 거처가 마련되면 언제든 오셔서 하룻밤 묵어갈 수 있는 너와 나의 분별없는 〈피아산방〉으로 만들어보겠습니다. 5월 말이면 다 결정이 나겠지만 큰 힘을 받아 이젠 스스로 해결하도록 하겠습니다.

죽을 때까지 '지리산의 철새'로 땅 한 평 갖지 않고 예저기 빈집들을 찾아다니며 살겠다는 작은 소망은 이제 무색해지고 말았습니다. 19년 만에 부끄러운 언약이 되었습니다. 말하자면 '텃새가 된 철새' 같은 존재로 전락한 셈입니다. 하지만 여전히 저의 꿈은 '철새가 된 텃새'입니다. 바람과 물과 자연을 사유화해서는 안 되듯이 조국의 온 산천 또한 부동산 투기의 장이 되는 것이 가슴 아플 뿐입니다. 비록 인터넷의 가상현실이지만 페이스북의 '공유'와 '좋아요'는 큰 장점이 아닐 수 없습니다. 소유가 아닌 공유의 세상은 점점 멀어져 가지만 그래도 '사람의 향기가 길을 만든다'는 신념만은 지키겠습니다.

3만 리 순례의 길 위에서 잠시 건강이 무너졌을 때 그때서야 야생화를 제대로 만났습니다. 온 산천의 야생화가 저를 살리고 야생화를 찍으며 스스로 사진을 공부하기 시작했습니다. 그 이전에는 사진 찍기도 건성이었습니다. 필름카메라 시절에는 꿈도 못 꾸던 일들이 그 탈도 많고 문제도 많은 디지털 시대에 오히려 큰 위안과 희망이 되는 역설이 되었습니다. 스무 살 전후에 시를 쓰겠다고 밤을 지새우던 열정들이 나이 50세를 전후해서 다시 되살아났습니다. 결국 야생화가 저를 살리고 야생화 사진이 저의 무디어진 열정을 되살리고, 잠시 지리산에서 길을 잃는 듯한 요즈음에 위기를 넘어서는 큰 힘이 되었습니다.

오로지 시만 쓰는 동료선후배 시인들에게 미안하고, 오로지 사진에 목숨을 거는 사진가들에게 미안할 뿐입니다. 시와 사진 모두에 어수룩한 날들을 반성하며 날마다 공부하는 자세를 잃지 않겠습니다. 오늘부터 사진 액자 작업을 의뢰하면 머지않아 발송 작업을 할 수 있겠네요. 큰 마음을 내어 사진을 지목해주신 분들, 조금만 기다려 주세요. 내년 4월 20일쯤 홍도화 환한 무릉도원, 이 길을 함께 걸어가고 싶습니다. 울릉도 남양항에서 만난 일몰 사진으로 감사의 인사를 대신합니다. 고맙고도 고맙습니다. 큰 절을 올립니다."

그야말로 '행복한 비명'을 지를 수밖에 없었다. 후안무치한 일이지만 살다보니 이런 기적 같은 날들도 다가왔다. 너무 염치가 없는 것 같아 〈땅 한 평 구하기 사진전〉을 서둘러 마감했는데도 불구하고 미리 봐둔 섬진강 건너 백운산 자락의 시골 집값의 반 정도를 해결할 수 있게 된 것이다. 나머지는 조금 빌리고 그 집을 담보로 대출을 받으면 잘 해결될 것도 같다.

지리산은 아니지만 섬진강 건너 백운산 자락에서 멀리 지리산을 바라보며 사는 날들이 가까워졌다. 지리산 입산 20년차의 새로운 날들이 기다리고 있다. 좀 더 객관적이고 통찰력 있는 삶을 가꾸며 남들에게 누가 되는 일보다는 뭔가 조금이라도 더 도움이 되는 일을 하며 살아야겠다는 다짐을 했다.

곧 떠나야할 집 주변을 둘러보니 찔레꽃이 환하게 피었다. 찔레꽃이 피면 아주 어릴 때 돌아가신 아버지 생각이 난다. 내 생의 첫 선물

인 장난감 말, 고무호스로 연결된 펌핑 말이 생각난다. 여섯 살 때 처음 본 '아부지', 단 한 번 얼굴을 본 그 사내가 준 갈색 말 한 필! 그날 이후부터 나는 기마족이 되었다.

3

살아 춤추는 지상의 별

별빛은 어둠에 예의를 갖추고

어둠은 사물이나 본질을 다 지우지 않는다. 오히려 반딧불이나 별빛을 더 잘 드러내 주기도 한다. 비로소 반딧불이의 열정에 응원을 보내고 몇 억 광년 먼 길을 달려온 별들에게 존재증명서를 발급한다.

너무 많은 세상의 빛들, 그 허영과 가식과 교만의 빛들을 잠시 가리고 때로는 작고 희미하지만 실로 위대한 것들을 '봐라, 꽃이다' 하며 턱하니 보여준다.

이런 측면에서는 '어둠은 빛을 이기지 못 한다' 는 말도 어폐가 있다. 정의의 문제에 있어서는 되새겨야할 말이지만, 사실 빛과 어둠은 이기고 지고의 문제가 아니라 화이부동, 따로 또 같이 조화의 문제다. 그래서 빛과 어둠이 맞물리는 '매직 아워'가 더 아름답다.

멀지만 여전히 너무 뜨겁고 밝은 태양과 38만km의 비교적 가까운 달보다 더 작고 미세한 빛과 소리에 어둠은 더 잘 반응한다. 낮에는 잘 안 들리던 울음소리가, 혼자 남은 아이나 여인의 흐느낌 소리가 밤이면 더 잘 들린다. 어둠은 너무 밝은 빛의 가면을 벗기고 허세와 탐욕의 얼굴들을 슬슬 지워버린다. 밤에는 멀리 있어도 훨씬 더 가까워진다. 그리하여 우리는 모두 '어둠의 자식들'이다.

어두워져야 비로소 얼굴을 내미는 별빛들, 저 별들도 어둠에게 예의를 갖춘다. 촐싹대지 않고 자기만의 빛으로, 함부로 다른 빛을 밀어내지 않으며 너무 눈부시지도 않게 화답을 한다.

우리 모두 어두워질수록 더 환해지는 등대라면 얼마나 좋을까. 자기 안의 어둠이 들킬까봐 전전긍긍하는 이들만 캄캄한 밤이 무섭고 두렵고 불안한 것이다. 마치 고대 양서류 출신인 인간들이 너무 발이 많은 지네나 아예 발이 없는 뱀 등의 파충류들에게 엄청난 공포를 느끼듯이.

그러고 보니 나 또한 '어둠의 자식'임이 분명하다. 미세한 빛과 소리에 더 잘 반응한다. 환한 표정 뒤의 어두운 그림자에 더 주목한다. 밝을 때는 절대로 성찰하지 않는다. 어둠은 작고 여린 빛들의 궁전이다. 그리하여 천년 폐사지의 석탑에도 그날의 별들이 찾아오는 것이다.

'별사냥', 은하수를 찾아서

　은하수 시즌이 다가왔다. 빛 공해가 심하다보니 요즘 사람들은 밤
하늘의 은하수를 보기 힘들지만, 마음먹고 오지를 찾아 나서면 아직
도 선명한 은하수를 볼 수 있다. 나 또한 날씨가 좋은 날이면 밤마다
'별사냥'을 나간다. 일찍 저녁을 먹고 나의 흑마 모터사이클 시동을
건다. 낮에 미리 봐둔 산정의 나무를 찾아 간다.

　모터사이클을 타고 야생화와 별을 찾아 전국을 돌아다니다보니
휘발유 값이며 타이어 등 소모품 값도 만만치 않다. 그동안 나의 전
천후 바이크 R1200 GS를 타고 전국을 누비고 다녔다. 2012년 공유냉
단종 직전의 바이크여서 매우 완성도가 높은 '우주명차'임을 확인한
셈이다. 그동안 무사고는 당연한 일이고 변속기며 엔진 등 모터사이
클의 트러블 또한 거의 없었다. 대견하고 자랑스러운 '지리산 흑마'
를 쓰다듬으며, 도로와 비포장길, 임도 등 바람 불고 비가 와도 그 먼

길을 함께 해준 '내 영혼의 동반자'가 더없이 고맙다.

섬진강 건너 백운산으로 이사를 온 뒤부터 지리산을 더 자주 바라본다. 지리산에 살 때는 아침저녁으로 백운산을 바라보았다. 지리산에 청학동靑鶴洞 전설이 있다면 섬진강을 두고 마주하는 백운산엔 백학동白鶴洞이 있다.

옛말에 '쌍계청학 실상백학'이란 말이 있다. 실상사 화림원 근처가 백학동이고, 쌍계사 근처의 청학동은 전설로만 남았다. 지금의 청학동은 담양에서 유불선을 공부하던 사람들이 전쟁 이후에 들어와 만든 마을이다.

백두대간 마지막이자 처음인 지리산에 청학동이 있었다면, 호남정맥의 끝인 백운산에는 실제로 백학동이 있다. 백두대간 영취산에서 갈라진 호남정맥은 내장산-무등산-조계산-백운산-망덕포구로 천리 이상 이어진다. 백두대간과 호남정맥 사이로 섬진강이 흐르는데 훨씬 더 먼 거리를 달려온 호남정맥의 백운산이 섬진강을 두고 지리산을 마주 보고 있다. 그래서 일부 풍수가들은 백운산의 기운이 더 세다고도 한다.

우리집에서 2km 정도 토끼재에 오르면 어치계곡 입구 백학동 마을이 한눈에 내려다 보인다. 날마다 수어저수지와 더불어 한 폭의 그림을 보여준다. 매주 목요일 순천대 강의하러 갈 때마다 빠른 길을 마다하고 굳이 토끼재를 넘어 백학동을 지나간다.

봄비 내리고 안개가 슬슬 몰려오는 백학동이 환하게 내려다 보였다. 사실 풍수지리로 터만 좋다고 모두 행복한 것은 아닐 것이다. 지수화풍에 사람이 맞아떨어져야 한다. 수처작주의 자세로 어떻게 잘 사느냐가 길지의 필요 충분 조건이 아니겠는가. 날마다 우리가 사는 바로 그곳이 청학동이요 백학동이라면 그 얼마나 좋을까.

오래 마음을 주면 결국 몸이 가듯이 자주 바라보고 꿈꾸면 그곳으로 가게 돼있다. 3박4일 동안 산복사꽃 피는 경주와 상주를 다녀왔다. 박혁거세의 '금자와 은자 전설'이 서린 곳이다. 경주 금척고분의 느티나무 아래 오래 앉아 있었다. 잘 늙어간다는 것이 쉽지 않다. 더 여유롭고 지혜로워져야할 터인데 몸이 늙어가니 마음마저 조급해져서 편견과 아집만으로 세상을 보기 십상이다. 천년 고분에 뿌리 내린 신목, 저 나무의 눈으로 세상을 본다면 산다는 일이 훨씬 더 명징해질 것이다.

슬프고 아프고 힘들고 외로워도 어디를 보느냐에 따라 대문 밖이 아수라지옥인가 하면, 세상도처가 복사꽃 피는 무릉도원일 수도 있다. 올해 봄날은 유난히 봄다웠다. 지난 설날에 바이칼 호수 알혼섬에서 천고제를 잘 올렸는지 아주 예감이 좋았다.

북상하는 봄기운이 삼팔선을 넘었다. 전쟁 먹구름을 걷어내는 유례없는 훈풍이었다. 남북정상간 직통전화가 연결되고 4월 27일엔 남북정상회담이 열렸다. 비무장의 두 남자가 비무장지대 습지의 풋브리지를 걸어갔다. 연초록 버드나무 그늘에 앉아 못다 한 속마음을 고백하는데, 이따금 새가 울고 어미갈대가 새끼갈대를 일으키며 힐끔거릴

196

뿐 경호원도 없이 봄날 오후가 무장무장 고요해졌다. 길동무가 좋으면 먼 길도 가깝다더니 안경 쓴 두 남자의 데이트가 이렇게 아름다워도 되는가.

그동안 같은 말을 하면서도 다른 시간을 살았다. 5월 5일부터 다시 서울과 평양의 시간이 같아졌다. 노동신문 1면에 '정령'이 나왔다. 2년 8개월 동안 그 30분의 오차는 실로 엄청난 벽이었다. 그 벽을 무너뜨리는 실질적인 조처로서 표준시 통일은 곧 '통일시계'를 의미한다.

같은 말, 같은 시간은 축복이다. 우리는 동시간대에 같은 해와 달과 별과 나무를 보며 해와 달과 별과 나무라 부른다. 아직도 다른 말, 다른 시간을 사는 이들도 있지만 해와 달과 별은 그들마저 외면하지 않는다. 거듭해서 부정하고 부인하겠지만 속수무책일 것이다.

한반도에도 비로소 때가 왔으니 우주자연과 인간의 시간이 딱 마주치는 날들이 왔다. 남과 북의 사람과 사람 사이의 같은 시간이 겨레의 얼과 조국의 몸을 처음처럼 재생할 것이다. 행여 내 마음 속에, 내 몸속에도 다른 시계가 없는지 5월 연초록의 산빛을 보며 고장난 시계를 맞춰야겠다고 다짐했다.

오뉴월 신록의 산빛은 그 얼마나 눈 시리게 환한가. 하지만 때로는 불을 꺼야 보이는 것들도 있다. 핸드폰을 끄고, 전조등을 끄고, 실내등을 끄고, 외등을 끄고, 도시를 꺼야 보이는 것들이 있다. 반딧불도, 별빛도, 은하수도, 그리운 얼굴과 고향도 불을 꺼야 비로소 더 잘 보인다. 봄바람 소리, 밤새와 개구리 울음 소리 또한 그렇다.

돌이켜 생각해보니 양력만 보고 사는 사람과 음력을 염두에 두고 사는 사람은 자연 교감이나 정서, 상상력이 많이 다르다는 것을 알게 됐다. 태양과 양력이 주도하는 세상, 양력의 오차가 훨씬 적은 것은 사실이지만 음력의 잘 보이지 않는 영향 또한 무시할 수 없기 때문이다. 달의 기운이 바다나 동식물, 인간의 몸에 끼치는 힘과 정서는 아주 깊고 넓다.

동서양 사고의 변별점도 기본적으로는 태양과 별과 달에 대한 인식 차이일 것이다. 현대인들은 옛 농부나 어부처럼 달을 보고 별을 읽는 능력이 퇴화했다. 기상청이 미리 알려주지 않으면 스스로 날씨를 예측할 수조차 없다. 반면에 수협 등에서 배포하는 바닷가 사람들의 달력을 자세히 보면 내륙의 일반 달력과는 확연히 다르다. 삶의 기본 축이자 생존방식이 양력과 음력의 조화임을 알려주는 텍스트가 아닐 수 없다.

스마트 폰으로 대변되는 정보화 시대지만 자연을 읽는 일에는 참으로 인색하다. 너무 밝은 빛공해의 대한민국에서 별과 달을 보고 읽는 것을 포기한 지 오래됐다. 너무 밝은 빛에 익숙해진 눈은 어둠 속에서 더 침침해지고 퇴화하는 것이다. 분명히 광해가 적은 산이나 오지에는 주먹만 한 별빛들이 쏟아져 내리지만 아예 보려고도 하지 않거나 상상조차 하지 않기 때문이다.

그리하여 비교적 별이 더 잘 보이는 몽골 초원이나 히말라야나 시베리아 바이칼 호수로 가야한다. 그런데 여기에도 함정이 있다. 관광

지가 된 몽골초원이나 바이칼 호수 알혼섬도 이미 너무 밝아졌다는 사실이다. 대평원이다 보니 우리나라보다 약한 광해도 넓게 멀리 영향을 미친다. 히말라야의 별사진도 설산 배경이 최고지만 오히려 설산의 화각이 너무 넓다보니 밋밋하다. 한눈에 별들은 더 많이 보이지만 막상 사진으로 담아보면 뭔가 텅 빈 느낌이다. 사진은 더하기가 아니라 빼기라 하지만 별사진에서의 기본구도마저 일그러지기 때문이다.

그리하여 역설적이게도 아지자기한 능선과 온갖 꽃과 나무들이 그 배경을 자처하는 우리나라가 훨씬 더 별사진에 유리하다. 다만 갈수록 광해가 많아지는 만큼 오지를 찾아 헤매는 발품이 더 필요할 뿐이다. 모델이 될 만한 나무를 한낮에 미리 찾아놓고 밤에 다시 찾아가 보는 일을 반복해야 한다.

반경 40km 이내에 도시가 없어야 하고 가까운 산 너머에 고속도로가 지나가도 곤란하다. 그 나무가 꽃을 피울 때를 기다려야 하고 1년 내에 꽃 피우는 열흘 동안 흐리거나 달이 뜨거나 비가 와도 포기해야 한다. 끝내 별들이 보이지 않으면 1년 뒤를 나 홀로 예약한다. 그리하여 전국 곳곳에 가봐야 할 곳이 늘어난다. 속세의 약속을 자꾸 지키지 못하지만, 내 마음 속의 지도에는 아직도 몇 년 동안 찾아가야 할 나무들이 곳곳에 등대처럼 서 있는 것이다.

봄비가 그치고 별 총총 떠오르면 밤마다 산철쭉 꽃이 핀 황매산으로 출근했다. 나흘 밤 내내 '별사냥'을 다녔다. 해질 무렵 산에 올라 새벽 5시에 하산했다. 텐트를 치고 사나흘 머물고 싶었으나 대학

강의다 뭐다 일정이 잡혀 있으니 야근하듯이 출퇴근했다. 미리 '별나무' 모델을 찾아놓고 캄캄한 그늘 아래 쪼그려 앉아 밤을 지새웠다.

첫날은 새벽 1시부터 겨우 50분 정도만 별빛 얼굴을 보여주더니 짙은 산안개에 가려져 달이 떠오를 때까지 묵묵부답이었다. 둘째 날은 기상예보와는 전혀 다르게 새벽이 다가오도록 내내 구름 속에 갇혔다. 이틀 연속 허탕을 쳤으니 슬슬 오기가 생겨 다시 사흘 째 밤을 노렸다.

기상청보다 나의 예감을 믿으며 산정에 천천히 올랐더니 밤 11시부터 새벽 4시까지 별 총총, 빛 세례를 받았다. 넷째 날에는 별빛이 더 좋았다. 잠을 제대로 못자 피곤하지만 그래도 생기가 돌았다. 마침내 은하수 시즌이 다가왔으니 당분간 나의 일터는 밤 깊은 산정일 수밖에 없다.

볼리비아의 우유니 소금사막이 부럽지 않았다. 꼭 한 번 '별이 빛나는 밤'에 가보고 싶은 곳이었으나 굳이 그 먼 곳에 가지 않고도 잠시 '은하수 소년'으로 한껏 분위기를 내보았다. '별나무' 대신 은하수 아래 내 몸을 밀어 넣었다. 은하수가 희미해지는 새벽 4시까지 20초씩 한밤의 춤을 추고 또 추었다.

지리산 천년송과 강원도 자작나무숲

기상청을 믿기보다 옛 농부와 어부의 눈으로 자주 하늘을 보았다.

무려 5백억 원이 넘는 슈퍼컴퓨터를 들여놓고도 오히려 예보는 그 이전보다 더 자주 틀리는 '오보청'을 넘어 '구라청'의 진면목을 보여주었다. 문제는 슈퍼컴퓨터가 아니라 이를 다루는 사람의 문제라고 하니 더 이상 할 말이 없다.

산다는 게 늘 그렇듯이 같은 하늘 아래 살아도 어느 곳에는 천둥번개가 치고 먹장구름이 마구 덮쳐오는가 하면, 또 어느 곳에는 무지개가 뜨고, 마치 아무 일 없었다는 듯이 해밀비가 온 뒤에 맑게 갠 하늘을 보여주기도 한다. 눈 시리도록 너무 진한 쪽빛도 아닌, 해밀의 저 연푸른 하늘빛이 너무나 좋다. 사람의 일 또한 이와 다르지 않을 것이다. 차라리 먹구름 우산을 쓰고 보니 더 자주 해밀이 보인다면 거짓말일까.

하지 무렵 전후에 자주 오르던 구재봉 활공장에서 섬진강을 내려다보니 세상사가 한눈에 다 보이는 듯했다. 일희일비, 너무 촐싹거릴 것만은 아니다. 해밀과 먹구름과 운무가 모두 한 몸 한 통속이 아닌가. 지구온난화로 조금씩 더워지고 있다는 것을 확연히 느끼지만, 올여름이 덥다면 25년 전 그해 여름도 더웠으며 천 년 전의 어느 여름도 아주 많이 더웠을 것이다.

본격적인 무더위가 시작되면서 지리산도 휴가철 여행객들로 붐비기 시작했다. 골짜기마다 만원이다. 해마다 그러했듯이 미리 약속된 일정을 제외하고는 잠시 핸드폰을 끄고 탈출할 때가 된 것이다. 야영 장비를 챙긴 뒤 지리산을 떠나 해발 700m 이상의 경북 봉화나 강원도 오지를 찾아 나섰다. 밤의 자작나무 숲이 나를 부르는 듯했다.

2002년인가, 아주 오래 전에 바이칼 호수 자작나무 숲에 들어간 적이 있다. 초원을 가로질러 알몸의 산책, 무장해제의 숲으로 성큼성큼 걸어 들어갔다. 어디선가 흙피리 소리가 들려왔다. 그날 이후부터 나는 자주 꿈을 꾸었다.

다시 가보고픈 시베리아는 가슴 깊이 묻어두고 강원도의 자작나무 숲을 찾아다녔다. 경남 양산에서 강원도 화천까지 한달음에 내달렸다가 지그재그로 내려오며 3박4일 동안 강원도 예저기를 둘러보았다. 한밤중에 스며들어도 좋은 자작자작, 자작나무 숲이 곳곳에 있었다. 바이칼 호수 알혼 섬에서 보던 자작나무숲의 별들이 내려와 있었다. 애마를 타고 밤새 은하수를 따라다니다 이른 새벽에 텐트를 치고

잠시 눈을 붙였다. 한여름인데도 한기가 스며들었다.

삼수령 지나 한강 발원지 가는 길에서 소나무 한 그루를 만났다. 한낮에 미리 봐두었다가 자작나무 숲을 지나 밤 11시에 다시 찾아갔다. 고랭지 배추밭 언덕의 향기 오묘한 노란 꽃밭에 우두커니 소나무 한 그루가 은하수를 품고 있었다. 자신이 마치 오작교라도 되겠다는 듯이. 멀리 산 너머 '바람의 언덕' 풍력발전기도 잠시 멈추고 견우직녀를 기다리고 있었다.

강원도를 지나 내 고향 문경에서 1박을 했다. 고향 선배인 권갑하 시인이 주도하는 '문경새재 여름시인학교' 때문이었다. 고향에서 참으로 쑥스러운 문학강연을 했다. 2백 명 이상의 문인들과 애호가들이 몰려와 성황을 이뤘다. 특히 우리 시 1백 편을 외운 사람들이 나와 치르는 전국 시 암송대회는 참으로 놀라웠다.

문경을 지나 일주일 만에 집에 돌아와 컴퓨터를 켰다. 강원도 밤의 자작나무숲에 머물던 별들이 예까지 따라와 환하게 빛나고 있다. '그립다'는 말은 바로 이런 뜻이 아닐까. 올 한해 유난히 무더운 여름, 이 여름을 강원도 자작나무숲에서 잘 배웅하고 왔다.

그래도 너무 더웠다. 막바지 무더위에 한반도가 바짝 달아올랐다. 연일 기상관측 이래 최고의 신기록을 세웠다. 폭염경보와 열대야에 지친 이들이 휴가철이 지났는데도 지리산으로 몰려들었다. 12년만에 유성우가 내리는 밤, 정령치에 올랐다가 깜짝 놀랐다. 한밤중인데도 주차장은 만원이었다. 열대야를 피해 유성우를 보러온 인파들, 참으로 놀라운 풍경이었다.

나는 미련 없이 발길을 돌려 뱀사골 와운마을로 달려갔다. 이름하여 '지리산 천년송'을 뵈러갔다. 밤 11시부터 12시 30분까지 나 홀로 지리산 천년송을 바라보았다. 천년송 너머 유성우가 내리는 것을 지켜보았다. 멍하니 바라보던 밤하늘에 문득 문득 옛 사랑의 기억처럼 별똥별들이 스쳐 지나갔다. 제 아무리 팔을 내밀어도 도저히 잡을 수 없는, 후회막급의 날들처럼.

나름대로 삼각대를 설치한 뒤 타임랩스로 시간의 그물을 촘촘히 짜며 찍었지만 막상 별똥별이 잡힌 것은 단 한 장뿐이었다. 솔직히 말하자면 '12년만의 우주 쇼'는 아주 평범했다. 날마다 보던 수준의 별똥별들이었다.

그래도 모처럼 지리산 천년송과 마주하며 '솔바람 태교'를 떠올렸다. 열대야를 잠재우는 천년의 바람소리를 들었다. 나의 태아胎兒, 내가 꿈꾸는 세상은 내 몸속에서 얼마나 자라고 있는지, 되새겨 묻지 않을 수 없었다. 아주 오래 전에 '시인의 오지기행- 지리산 와운마을 천년송의 솔바람 태교'라는 제목으로 이런 글을 쓴 적이 있다.

'전라북도 남원시 산내면 부운리 와운마을의 천연기념물 제424호 지리산 천녕송-.

나는 이 소나무를 남해의 왕후박나무, 송광사 천자암의 쌍향수, 산동의 산수유 시목 등과 더불어 내 정신의 신목神木이자 스승으로 삼

고 있다. 특히 이 천년송은 내가 지리산 입산 뒤 계절마다 최소한 한 번쯤은 찾아뵙는 소나무 중의 소나무다.

그저 바라보는 것만으로도 피가 맑아지는 듯하고, 드러난 뿌리는 백두대간 끝자락이자 시작인 지리산의 기운을 담고 있는 듯해 나도 몰래 힘줄이 불끈 솟아나고, 용의 비늘 같은 껍질과 휘늘어진 가지는 승천의 기상을 담고 있어 문득 공중부양의 환상을 실감케 하고, 수천 수만의 솔잎들은 내 몸의 세포 하나씩을 찔러 정신이 번쩍 들게 한다.

예로부터 아들을 낳지 못한 사람들이 몰려와 밥을 한지에 싸서 소나무 밑에 묻고, 왼새끼줄을 꼬아 소나무에 세 바퀴 둘리고, 동동주를 세 군데에 나누어 뿌리는 치성을 들였다는데, 이렇게 해서 지금까지 자식을 낳지 못한 사람이 없다고 한다.

마침내 천년송의 은덕으로 자식을 본 사람들이 수태를 하게 되니 어찌 다시 이 소나무를 찾지 않겠는가. 그리하여 이른바 '솔바람 태교'의 원조가 된 셈이다. 세상의 그 모든 태교 중에서 말만 들어도 정신이 확 트이는 솔바람 태교야말로 신생아들에 주는 지상 최고의 선물이 아닐 수 없다.'

한 여름밤 은하수를 찾아다니다 지리산 천년송 아래에서 두 무릎을 꿇었다. 무더위에 지친 몸을 천년의 솔바람 소리에 내맡기고, '솔바람 태교'를 하던 옛 여인들의 자세로 두 눈을 감았다.

'별사냥'과 작은형

한동안 모내기철의 별빛이 너무 좋아 '별사냥'을 다녔다. 자정 무렵부터 떠오르는 은하수를 찾아서 섬진강과 평사리 무덤이 들녘, 그리고 지리산 넘어 구형왕릉을 찾아갔다. 그 누가 부르는 것도 아닌데 초승달 차오르기 전에 가봐야 할 곳이 너무 많다.

돌이켜 생각해보니 어릴 적엔 철도 없이 고무새총과 활과 공기총, 그리고 새그물을 들고 마구 새 사냥을 다녔다. 아무 죄의식도 없이 신바람을 내며 참새, 산까치, 직박구리, 꿩들을 만나는 대로 쏘았다. 그 사냥의 기억이 슬그머니 철없는 사랑의 기억으로 치환되던 청춘의 날들도 없지 않았다.

육칠년 동안 안개와 구름 속의 야생화를 찾아다니다 삼년 넘게 별사냥을 다니는 일이 내 생의 크나큰 사치이자 행복이 되었다. 안개와 구름 속에서 이끼가 자라도록 흠뻑 젖은 내 몸과 마음을 양명한 별빛

에 말리고 있는 셈이다. 사냥은 사냥이되 일방적인 총질을 하지 않는 일이니 사냥이라 쓰고 사랑으로 읽어도 무방하리라. 밤마다 그리움의 총질이라면 따발총을 맞아도 좋지 않겠는가.

갈수록 별이 잘 안 보인다고 아예 별이 없는 것처럼 포기하고 사는 이 나라에서 별을 보여주고 은하수도 보여주고 싶었다. 잘 안 보이니 더 소중하지 않겠는가. 그리하여 밤마다 별사냥을 다니다보니 은하수를 찍으려면 높은 산에 올라야한다는 통념을 깨고 아주 낮은 평지에서 포착해내기도 했다. 주변의 광해가 눈에 좀 거슬리기는 하지만 우리의 현실을 뼈아프게 받아들일 수밖에 없다. 달이 더 기울고 그믐밤이 다가오면 마침내 다시 은하수를 만날 수 있을 것이다.

갈수록 행복지수가 떨어지는 나라에서 은하수를 찾아다니는 일이 마음 편할 수만은 없다. 어쩌면 그래서 더 찾아다니는 지도 모르겠다. 낮에는 밀린 숙제를 하고 밤이면 모터사이클을 타고 섬진강을 거슬러 오르고 지리산 바깥으로 한 바퀴를 돈다. 달이 너무 밝거나 흐린 날이면 낙심을 하며 밤늦게 집으로 돌아온다. 그러는 사이 너무 아픈 소식이 핸드폰을 통해 별똥별처럼 날아왔다.

작은 형이 세상을 떠나고 말았다. 평균연령 80세인 시절에 환갑 1년 전에 먼길을 떠나다니! 춘천의 강원대병원 완화의료 호스피스 병동에 있다가 열흘 만에 모든 것을 내려놓았다. 서울 인사동에 김주대 시인 전시회 갔다가 뒤풀이 때 조카들의 긴급 메시지를 받고는 부랴부랴 달려갔었다. 폐암 말기, 이미 온몸에 암세포가 전이돼 있었다. 광부 출신들에게 뒤늦게 찾아오는 병마, 한 달 전 홀로 고통을 견디다가 병원에 갔을 때는 이미 늦어도 너무 늦었다. 병실에서 밤을 새며 뒤늦은 해후를 했다.

이따금 잠시 의식이 돌아오면 말은 못했지만 귀는 들리는지 힘없이 눈을 떴다가 감으며 눈물을 흘렸다. 내 말을 다 알아듣는 것 같았다. 새벽에 위기를 넘기는 것을 보고 잠시 지리산에 온 사이에 환갑도 넘기지 못하고 먼 길을 떠났다. 이미 오래 전에 큰형도 떠났으니 3남1녀 중에 나와 누나만 남았다.

사실 어머님이 떠나시고 지리산에 들어올 때 나는 가족뿐만이 아니라 세상의 연을 모두 끊었다. 그 사이 어린 조카딸 혜림이와 남희는 어여쁘게 잘 자랐다. 야반도주한 형수를 대신해서 '딸 바보' 작은형은 일평생 노가다를 하면서도 오직 아이들을 위해 살았다. 명색이 작은 아빠인 나는 지리산에 숨어들어 두 조카딸들에게 해준 게 없다. 이제라도 아빠 역할을 할 때가 온 것 같다.

작은형은 우리 집안에서 공부를 제일 잘 했지만 서방 없는 홀어머니가 간간히 지탱하던 살림살이마저 최악의 상황을 맞았을 때 작은형이 직격탄을 맞았다. 학교 선생들이 학비를 대주겠다고 했지만 결국 고등학교에 가지 못하는 바람에 가출하고 말았다. 이미 중학생 때 세계문학전집을 독파했던 형이 막장 광부로, 아파트 계단 노가다로 지금까지 살았다. 그러면서도 말은 안했지만 못난 동생의 가장 큰 응원자였다.

216

이미 많이 울었으니 더 이상 눈물이 나오지 않았다. 옛 시집을 들춰보니 작은형을 노래한 시가 몇 편 있다. 그 중에서 「도둑고양이」가 새삼 가슴을 친다.

아슬랑아슬랑 개밥을 노리는 고양이
졸다 깬 개가 짖는다 짖다가
느닷없이 굶주린 도둑괭이에게 뺨을 맞는다
나는 돌멩이를 들다 말고
난감하다 누구 편을 들어야 할지
아로록다로록 점박이 고양이
그때 작은형은 도둑놈이었다

내가 중 3일 때 또 하나의 학교
형은 충주경찰서 유치장에 있었다
사부랑삽작 쪽지를 건네며
내게 쌀 한 말의 거짓말을 시켰다
쌀집에서 훔친 게 아니라
가출할 때 집에서 가져온 것이라고

하지만 어머니의 쌀통은 텅텅
죽은 아버지처럼 비어 있었으므로

형은 분명 도둑고양이였지만
난감했다 누구 편을 들어야 할지
그때 형사가 나의 뺨을 때렸다

그리고 개가 짖었다
형은 구치소로 가고 나는
밥만 축내는 개집으로 돌아왔다
형과 교도소와 형사와
도둑고양이와 나와 집과 세상 사이
문신처럼 커다란 발자국들이 찍혔다
아로록다로록 점박이 도둑고양이

도둑의 발자국에 마른 쑥을 지피면
마침내 그의 발이 썩는다더니
세상사 더부살이 아슬랑아슬랑
나의 두 발이 썩고 있다

작은 형을 잘 보내드렸다. 고단한 생이었지만 살아생전 어머님께
효자였던 작은 형을 고향 문경의 할미산성고모산성 옆 선산에 모셨다.
죽어서도 외롭지 말라고 어머님 옆에 평장으로 오동나무 유골함을
묻어주었다.

부모상도 아닌 형제상이니 제대로 알리지도 않았는데도 불구하고 많은 분들이 찾아왔다. 대구의 벗들과 지리산과 서울, 부산, 온양, 군산, 함안, 진주, 문경 등 먼길 달려와 작은 형께 큰 절을 올려주신 선후배 여러분들과 극락왕생을 빌며 불경을 해주신 문경 봉암사의 연관 큰스님과 대구의 젊은 스님들께 감사의 큰 절을 올린다.

　　장례를 치르고 지리산에 돌아오니 한밤중에 산 너머로 천둥 번개가 치고 있었다. 경남 산청의 지리산 왕산을 경계로 천둥번개가 치는데 환해진 구름 너머로 별들이 떠올랐다. 마치 토네이도 헌터처럼 모터사이클을 타고 빗속을 달려 번갯불을 따라갔다. 차라리 벼락 맞을 각오로 먹구름인 '적란운'을 따라 경천강을 거슬러 올랐지만 산청의 왕산 구형왕릉 앞에서 놓쳤다.

　　모내기 준비 써레질이 막 끝난 논둑에 앉아 20초 '시간의 그물'을 치고 산 너머 구름 속에서 번쩍 번쩍 번갯불을 잡았다. 실뿌리처럼 내리꽂히는 장면은 끝내 보여주지 않아 많이 아쉬웠지만, 어느새 비가 그치고 구름 사이 별들이 빛나고 있었다. 산다는 게 뭐 별것인가. 일희일비 할 것 없다. 희노애락애오욕 칠정七情이 동시에 작동하는 것이니, 벼락 맞으러 나섰다가 별들을 품고 돌아왔다.

대륙여행, 영하 30도의 바이칼 호수와 몽골

    노안老眼으로 초접사를 공부한다. 나이 들면서 수정체의 탄력성이 떨어지니 먼 거리는 잘 보이고, 가까운 곳은 흐리게 보인다. 초점이 잘 안 맞는다는 것은 디테일의 문제다. 노안은 가까운 내가 나를 잘 못 보고, 보다 먼 곳, 다른 사람을 더 잘 보게 한다. 다시 말하자면 나의 허물은 안 보이고 남의 허물만 더 잘 보게 된다는 뜻이다. 갈수록 지혜로워지는 것 같지만 사실은 더 의심이 많거나 속 좁은 좀팽이가 되기 십상이다.

    그동안 살아온 것만으로 통계를 내듯이 마구 사람들을 재단해온 날들을 반성한다. 우리들의 시력은 좋아야 2.0이다. 몽골 사람들은 매와 독수리처럼 8.0 정도로 볼 수 있다고 한다. 하지만 먼 곳, 인생이라는 것은 구도의 문제이며, 가까운 곳, 인생지사 오감은 디테일의 문제다. 한쪽에만 깊이 빠지지 않고 미시와 거시, 광각과 접사의 세계를 잘 넘나드는 것이 지혜일 것이다. 먼 곳에도 꽃은 피고, 가까운 곳에도 봄꽃은 피어나기 때문이다.

이윽고 섬진강에도 넉넉하게 봄비가 오시니 지난해보다 한참 늦었지만 매화 산수유 꽃들이 달음박질치며 북상하기 시작했다. 섬진강을 찾아온 검독수리도 조만간 몽골 초원이나 시베리아로 돌아갈 것이다.

지난 설 연휴를 전후해 1주일 동안 바이칼 호수와 몽골을 다녀왔다. 난생 처음 설날 새 아침을 머나먼 땅 바이칼 호수 알혼 섬에서 맞았다. '신성한 샤먼바위' 부르한 바위 앞에 보드카 한 병을 올리고 새해 큰절을 올렸다. 일행들이 둥글게 모여 서로 맞절을 하고는 바이칼 호수에서 바이칼 보드카로 음복을 했다.

이번 대륙여행의 이동경로는 인천-몽골-이르쿠츠크-바이칼호수-국제열차(이르쿠츠크-울란우데-몽골 울란바토르)-테를지였다. 서울의 '왕언니' 최정희 누님의 무한배려로 영하 30도를 넘나드는 시베리아의 혹한 속에서도 오히려 덥다 못해 땀띠가 날 정도로 행복했다. 동행자 7명의 '얼떨결에 복받은 연맹원들'얼복연맹은 왕언니와 이원규시인, 김영우셰프, 김의현시인, 박정호전기엔지니어, 김명지시인, 신희지작가였다.

비행기를 타고 몽골을 거쳐 이르쿠츠크에 도착한 첫 날밤은 앙가라 강변의 노스시 호텔에서 잤다. 얼복연맹원들과 유쾌하게 술을 마시고 잠깐 눈을 붙였다가 새벽에 벌떡 일어나 밖으로 나왔다. 영하 30

도의 앙가라 강변을 어슬렁거렸다. 한겨울에도 얼지 않는 강, 앙가라 강에 물안개가 차오르기 시작했다. 겨울 시베리아에서 〈몽유운무화〉를 만난 것이다. 섬진강과 춘천 소양호 아래에서 보았던 우리나라 물안개의 안부를 물으며 바이칼 호수 알혼 섬과 연결된 앙가라 강의 전설을 되새겼다.

바이칼 호수에서 유일하게 흘러나오는 앙가라 강은 예니세이 강과 합류할 때까지 중앙시베리아 평원 1,779km를 가로지른다. 영하 50도에도 앙가라 강은 얼지 않는다. 그 이유가 여러 가지 버전의 전설로 내려오는데 강과 주변 지역의 명칭과 일맥상통한다.

한 전설에 따르면 바이칼 신의 아름다운 고명딸인 앙가라가 이웃의 청년 이르쿠트와의 정략결혼을 거부했다고 한다. 예니세이라는 청년을 사랑한 앙가라가 야반도주를 하자 분노한 바이칼 신이 거대한 바위를 던졌다는데 그 바위에 깔려 죽은 자리가 바로 알혼 섬의 샤먼바위부르한 바위라는 것이다. 그때부터 예니세이를 잊지 못해 흘린 앙가라의 눈물이 마침내 앙가라 강의 이름으로 흐르기 시작했으며, 그 눈물의 강은 지금도 얼지 않고 흐른다고 한다. 예나 지금이나 사랑과 연애는 국경이 없고, 아버지든 신이든 그 누구도 억지로 조종할 수 없는 것이다.

그런데 눈물이 얼지 않는다는 것은 다만 전설 속의 이야기일 뿐 '눈물도 얼 수 있다'는 것을 앙가라 강변에서 절감했다. 일찍이 동화작가 권정생 선생이 한겨울 교회 마룻바닥을 닦다가 누군가의 얼어

붉은 눈물을 보고는 '하느님의 눈물'이라 명명하지 않았던가.

　유속이 빠른 앙가라 강이 얼지 않듯이 어쩌면 우리들의 슬픔도 계속 빠르게 흐른다면 울 틈도 없고, 눈물마저 얼지 못할 것이다. 그러니까 인생지사 슬픔이 잠시라도 멈추는 순간 눈물도 얼 수도 있다는 역설이 생긴다. 하지만 그 누가 있어 지속적인 슬픔을 꿈꾸겠는가. 얼지 않는 앙가라 강에서 누군가의 한숨처럼, 슬픔의 맞불처럼 오래도록 새벽 물안개가 차올랐다.

　겨울 대륙여행의 출발부터 예감이 좋았다. 울란우데 출신인 브리야트 족 현지 가이드, 25세의 착하고 어여쁜 아가다 페트로바와 함께 16년 만에 다시 바이칼 호수 알혼 섬에 가보고 시베리아 횡단열차인 국제열차를 탔다. 6박7일 동안 시베리아와 몽골의 길을 달리고 달렸다. 승합차 앞자리에 앉는 특혜를 누리며 울퉁불퉁 하염없이 출렁거리며 대륙의 길을 줄였다 늘였다 사진을 찍었다.

　때로는 삼각대를 세우고 제대로 찍고 싶었지만 워낙 먼 길이라 자주 세울 수 없으니 언감생심이었다. 나도 흔들리고 길도 흔들리면서 바이칼 호수와 알혼섬, 그리고 몽골의 테를지 등 겨울 대륙의 길들이 기록으로 남았다. 아무리 춥고 험하더라도 길이라면 이쯤은 돼야 하지 않겠는가. 겨울 시베리아와 몽골에서 내 몸과 마음속의 지도에 지워져있던 길들을 하나 둘 새겨 넣었다.

　길은 발자국들의 화석이다. 자주 가면 길이 되고, 그 누구도 가지 않으면 길이 아니다. 하지만 대륙의 길은 온통 열려있었다. 길 밖에도 길이 있었다. 눈 덮인 몽골 초원 그 모두가 길이요, 바이칼 호수도 얼어붙으면 그 자체가 길이었다. 하지만 우리는 38선에 몸통이 잘린 채 그 아랫도리 섬나라에서 다람쥐 쳇바퀴 돌듯이 이미 정해진 길만 따라 다녀야했다. 상상력마저 위축될 수밖에 없었다. 그리하여 한반도 종단열차의 기적소리가 그립고 그리울 수밖에 없었다.

아무래도 겨울 대륙여행의 하이라이트는 '별사진'이었다. 그리하여 처음부터 일정을 잡을 때도 '왕언니' 최정희 누님과 함께 별을 가장 많이 볼 수 있는 음력 그믐날을 낀 설 연휴로 잡았다. 출발하기 전부터 시베리아와 몽골 날씨를 체크했다. 그런데 여행날짜가 다가올수록 불안해졌다. 흐린 날씨 예보가 자주 이어지는 것이었다. 첫날의 몽골 테를지의 날씨만 맑을 뿐 남은 일정은 거의 모두 흐린 날씨로 예보되었다.

확률이 매우 낮았지만 하늘의 뜻을 어찌하랴. 그런데다 인천공항에 도착하니 여행사의 일정이 통보도 없이 바뀌었다. 몽골 테를지는 나중에 가고 먼저 바이칼 호수부터 간다는 것이었다. 일기예보로는 최악의 경로였다. 단 하룻밤 주어진 테를지의 별사진도 허탕인데다, 바이칼 호수의 날씨는 아예 포기수준의 예보였기 때문이다. 더없이 맑은 몽골을 지나 이르쿠츠크에 도착하니 저녁 날씨가 점점 더 흐려지고 내 마음 한 구석 또한 흐려지긴 마찬가지였다.

하지만 진인사대천명의 자세로 이른 새벽에 앙가라 강으로 나갔더니 영하 30도의 혹한 속에서 물안개가 오르고 있었다. 아, 예감이 너무 좋았다. 물안개가 오른다는 것은 반드시 날씨가 맑아진다는 것을 의미하기 때문이다.

5시간을 달려 바이칼 호수 얼음판 위를 지나 알혼 섬에 도착하니 저녁노을이 지기 시작했다. 후지르 마을에 짐을 풀자마자 별들의 야상곡이 울려 퍼졌다. 몽골 테를지에서도 마찬가지였다. 마음 한 구석에 불길한 마음을 지울 수 없었는데 예보와는 확연히 다르게 구름 한 점 없는 대륙의 겨울 별들이 마중을 나온 것이다. 정말 운이 좋아도 너무 좋은 대륙여행이었다.

바이칼 호수와 알혼 섬, 그리고 몽골에서는 밤이면 세상의 절반이 온통 별빛이었다. 굳이 눈을 감았다 뜨지 않더라도 별빛들이 눈동자 속으로 우루루 빨려 들어왔다. 사실 출발하기 전에 알혼 섬과 몽골의 별 사진을 구글로 검색해보았다. 내셔널지오그래픽 등의 사진을 찾아보았지만 막상 멋진 사진을 찾아보기 힘들었다.

특히 은하수가 흐려지는 겨울 사진은 잘 보이지 않았다. 네팔 히말라야도 이와 크게 다르지 않았다. 물론 이따금 전문가들의 세계적인 사진도 있었지만 포토샵의 흔적이 너무 많거나 노이즈 투성이였다. 별은 너무도 선명하게 잘 보이는데 사진은 왜 잘 안 나오는지 그 이유가 너무 궁금했다.

그 이유를 이번 겨울여행에서 나름대로 알게 되었다. 첫 번째, 어디서나 별은 많이 보이는데 막상 찍으려 하면 실제로 눈에 보이는 것보다 더 잘 나오지 않았다. 이상한 일이었다. 무려 180도 그 모든 곳

에 별들이 보이지만 주 피사체인 별들과 잘 어울리는 구도가 마땅치 않았다. 그야말로 바닷가 수평선에서 별 사진을 찍는 것처럼 단조로 움 그 자체였다. 천문사진 찍기에는 너무 좋겠지만 구도와 디테일에 문제가 있었다.

우리나라에서는 별들이 잘 안보이지만 눈에 보이는 것보다 오히 려 더 잘 찍히는 것과는 정반대의 현상이 일어났다. 우리나라는 오밀 조밀 산들이 적당한 높이로 서있으니 오지의 포인트만 잘 잡은 뒤 그 산이나 나무를 배경으로 하늘방향 상향 조준을 하면 별들이 잘 나왔 다. 별을 한 눈에 더 많이 보려면 시베리아나 몽골 초원에 가거나 우 리나라의 산정에 올라가면 되지만 많이 보인다고 더 잘 찍히는 것은 아니었다. 어차피 밤하늘의 지평선 가까운 3분의 1은 그 어디서나 별 빛이 희미하므로 포기해야 하기 때문이다.

두 번째, 바이칼 호수 알혼 섬이나 몽골 또한 어느새 빛 공해가 심 해졌다. 물론 우리나라보다는 훨씬 약하지만 문제는 지평선의 불빛들 이 훨씬 더 멀리 영향을 준다는 점이다. 그러니까 통나무집이나 게르 등의 약한 불빛도 별을 찍는데 아주 큰 장애가 되는 것이다. 한 예로 4km 이상 아주 멀리 떨어진 거리의 칭기즈칸 동상을 비추는 조명이 마치 밤하늘의 서치라이트처럼 너무 밝아보였다. 겨울 남쪽하늘의 백 미인 다이아몬드 별빛들을 여지없이 뭉개버리는 것이었다. 유목민들 을 찾아가지 않고서는 도저히 빛 공해를 피하기 어려웠다. 반면 우리 나라는 산골짜기 오지로 숨어들면 반경 40km 바깥의 도시 불빛들은

겹겹이 둘러싼 산들에 가려 잘 보이지 않는다.

세 번째, 겨울철 사진은 너무 추워 카메라 오작동의 문제가 생긴다. 여름철엔 은하수 사진의 강점이 있지만 바이칼 호수와 몽골 여행의 성수기이다보니 그만큼 빛공해가 더 심해진다는 큰 약점이 있다. 다행히 겨울철에는 비성수기이니 빛 공해가 잦아들지만 혹한의 추위가 가장 큰 장애물로 등장한다. 영하 30도 이상에서는 카메라가 잘 작동하지도 않고 배터리 또한 금방 방전된다. 릴리즈나 삼각대 또한 제 기능을 발휘하지 못한다. 체감온도 영하 40도 이상에서는 카메라에 핫팩을 붙이는 등 별짓을 다 해봐도 도저히 30분 이상 촬영하기 힘들었다.

우리나라에서는 웬만큼 추워도 밤새워 촬영할 수 있었다. 금방 뼈가 아플 정도로 추운 몸도 몸이지만 두꺼운 장갑을 낄 수 없는 손가락도 굳어 수동 조작을 제대로 할 수가 없다. 마스크를 끼면 그 입김이 눈썹에 달라붙어 두 눈이 쩍쩍 달라붙어버릴 정도였다. 잠시라도 마스크를 벗으면 코털이 서릿발처럼 일어섰다. 릴리즈가 제 맘대로 작동해 카메라가 의도와 다르게 마구 찍어대기도 했다. 결국 릴리즈 등 모든 장치를 제거하고 핫팩 5개 이상 붙이고 수건 등으로 카메라를 돌돌 감싸야 했다.

겨우 한 장을 찍고 다 풀어헤친 뒤에 수동으로 초점과 감도, 셔터 속도를 조절해 고정한 뒤 다시 핫팩을 붙이고 촬영을 시도했다. 눈밭에서 30분 정도 혹한을 견뎌봐야 겨우 몇 장 정도밖에 찍을 수 없었다. 일단 철수해 숙소에서 한 시간 정도 카메라와 몸을 녹이고 배터리를 갈아 끼운 뒤에 다시 나가는 것을 반복했다. 얼었던 카메라와 삼각대는 숙소의 따뜻한 공기를 만나 성에가 끼었다 녹으면서 물이 줄줄 흘렀다. 한 시간 이상 물기를 제거하며 기다릴 수밖에 없었다. 평원의 눈밭을 아무리 걸어가 봐야 거기가 거기일 뿐이니 숙소와 멀리 떨어진 출사는 엄두조차 낼 수 없었다. 그러다보니 바이칼과 몽골의 겨울 별사진은 극한 극기 훈련과 다를 바 없었다.

그리고 네 번째 문제는 별사진 교과서에 오류가 많다는 점이다. 캄캄한 밤에 초점을 잡는 법 등 강단의 이론은 현장에서 여지없이 깨질 수밖에 없다. 무한반복의 실전만이 카메라와 렌즈의 특성을 이해하고 한밤중 별사진의 디테일을 살려낼 수 있다.

어찌됐든 바이칼 호수 알혼 섬의 후지르마을, 이 마을에서 첫 번째 별 사진 한 장을 건졌다. 16년 만에 다시 가본 마을은 예전보다 너무 밝아졌지만 그래도 별빛은 그때나 지금이나 여여했다. 후지르마을 불빛 너머 우리나라 쪽으로 오리온자리와 삼태성이 선명했다. 겨울의 대삼각형시리우스-베텔게우스-프로키온과 남쪽하늘의 백미인 겨울철 다이아몬드는 시리우스큰개자리-리겔-알데바란황소자리-카펠라마차부-플룩스쌍둥이자리-프로키온작은개자리으로 빛나고 있었다.

바이칼 호수에서 나의 '별나무 사진' 시리즈도 돌소나무와 소나무 두어 장 추가하고, 몽골 게르 별사진을 찍은 기쁨 또한 감출 수 없다. 고맙고 고마운 겨울 대륙여행의 별맛, 마침내 '바이칼 스타'의 별

미를 맛보았다. 섬진강에 봄기운 완연해지자 시베리아의 밤에 얼었던 뼈가 이제야 녹는 듯하다.

"봄꽃이여, 너는 이미 다 이루었다!"

봄꽃들이 지는가 싶더니 어느새 신록의 산기운이 범람한다.

올해는 한 그루 매화나무가 피었다 질 때까지 제대로 지켜보았다. 몇 년 동안 '별나무- 매화' 모델을 찾아다녔는데, 운 좋게도 산비탈 무덤가의 녹차밭에서 100년 가까이 된 매화나무를 발견했다. 이 나무를 틈 날 때마다 찾아갔다.

꽃이 다 피기를 기다렸다가 초저녁에 다시 가보았다. 기상청 예보와 달리 밤 9시부터 매화꽃 위로 별빛이 쏟아져내렸다. 그 전날에는 밤새 쾌청할 것이란 예보만 믿고 서울에서 내려온 〈별 헤는 밤〉 특집 다큐멘터리 방송 팀과 밤을 꼬박 지새웠지만, 겨우 초저녁에 단 두 시간만 별빛을 보여주었다. 봄밤에는 기류 변화가 자주 일어나 먼 대륙에서부터 오는 구름이 아니어도 안개와 구름이 내륙에서 곧바로 생기는 바람에 기상청 예보가 자주 빗나간다. 이날 밤도 흐리다는 예보

때문에 다큐 팀은 철수하고 나 또한 하룻밤 쉬려던 참이었다.

그런데 갑자기 하늘이 맑아지기 시작한 것이다. 포기하다 별을 마주친 밤은 더 황홀했다. 지난 4년 동안 매화꽃 위로 쏟아지는 별을 담아왔지만 단연 최고의 날이었다. 역시 하늘이 응답할 때까지 기다리는 수밖에 없다. 고목의 매화나무 아래서 새벽 3시 30분까지 쪼그려 앉아 있었다. 스틸 컷을 찍는 몇 시간을 제외하고 타임 랩스로 장장 123분 동안 227장의 사진을 찍어봤다.

그러니까 매화꽃에 내리는 이 별 궤적은 저마다 227개의 별들이 모여 하나의 선을 만든 것이다. 밤의 매화꽃 위로 쏟아지는 별들의 발자국이 저마다 다른 빛깔로 장엄했다. 밤새 별을 보며 30년 전의 기억들이 몰려왔다. 스물다섯 살 무렵, 나의 청춘은 지하 700m 막장에서 석탄을 캤다. 대학을 휴학하고 스스로 들어간 막장 후산부였다. 날마다 8시간 동안 9톤의 삽질을 하면서도 석탄을 운석이라 생각하며 버텼다. 중생대 백악기의 나무와 숲을 다시 만나듯이 지하 막장에서 별을 캐는 심정으로 청춘의 한 시절을 보냈다.

인간은 우주의 시간에 지배를 받는다. 밥도, 잠도, 일도, 사랑도 절대 벗어나지 못한다. 해와 달과 별의 지배를 받으며 지수화풍과 시공, 그 사이에서 아슬아슬하게 인간이 존재한다. 그런데 자연의 한 일부인 인간들이 교만하다 못해 우주자연의 시간을 지배하려 한다. 그야말로 망상이자 미몽이 아닌가.

그리고 사흘 뒤 당일치기로 서울 동부구치소 재소자들에게 강의를 하고 왔다. 카메라와 삼각대를 챙기고는 모터사이클을 타고 산비탈의 그 매화나무를 다시 찾아갔다. 밤 10시 50분쯤 도착하니 예상대로 매화꽃을 찾아온 별빛들이 구름을 벗어나 빛나기 시작했다. 카메라에 핫팩을 붙인 채 새벽까지 흥분을 누르지 못하고 '별나무-매화' 사진을 찍었다. 수동으로 스틸 사진을 수십 번 찍어 마음에 드는 몇 장을 저장하고는 곧바로 타임랩스로 421장을 더 찍었다.

새벽에 집에 들어와 컴퓨터를 켜니 이명박 구속수감 속보가 엄청나게 올라와 있었다. 불과 11시간 전에 들렀던 동부구치소였다. 사진 파일의 속성을 보니 영장 발부와 구속 수감되는 바로 그 시간에 별빛들이 찬란하게 빛나고 있었다. 그러니까 정확히 3월 22일 밤 11시 6분, 구속영장이 발부되는 바로 그 시간에 절정의 매화꽃 위로 별빛들이 엄청나게 쏟아졌다. 바로 그 '별나무-매화' 사진이 가장 돋보였다. 그리고 타임랩스로 찍은 사진들 중에서 구속영장 발부시점과 동부구치소 수감 시점인 22일 11시 6분에서 23일 0시 18분까지 72분 동안의 별나무-매화 사진이 다 기록돼 있었다.

같은 밤 같은 시간인데 세상은 이렇게 다른 모습을 보여주었다. 동부구치소 앞 전 대통령에게는 카메라 플래시가 터지고, 지리산 절정의 매화꽃에는 별빛들이 쏟아지고 있었다. 자연 그대로의 삶을 벗어난 한 인간의 시간과 우주 자연의 시간은 이토록 다를 수도 있다. 겨우 1차 졸업한 별 매화 사진을 보니 남은 삶을 어떻게 살아야할지 더욱 선명해졌다.

문득 '다 이루었다'는 말이 떠올랐다. 나 혼자 중얼거렸다 "봄꽃이여, 매화여, 이미 너는 그 자리에서 다 이루었다!"

페사지의 석탑과 천년의 별빛

반딧불이 서식지를 찾아다니는데 참 묘한 빛의 저녁노을이 모내기 막 끝낸 논 위를 점령했다. 푸른 하늘빛을 배경으로 양떼구름이 붉은 자줏빛으로 물들었다. 장마가 오기 직전의 하늘빛이 너무나 황홀했다. 별빛 좋은 그날 밤, 지리산 오지의 반딧불이와 놀았다. 홀로 밤을 지새며 사진으로 담았더니 타임랩스 동영상으로 겨우 25초 분량이다. 엄청난 시간의 압축이다.

결코 짧지 않은 내 인생, 제대로 저장할 만한 시간은 얼마나 될지 궁금했다. 오래 많이 산다고 잘 산 것만은 아니듯이 사람과 사람과의 관계나 우리들의 삶 또한 얼마만큼의 엑기스로 남을까. 반딧불이를 보며 나의 지난 생을 되새김질 해보는 밤이었다.

그리고 별빛 환한 어느 날 밤, 황매산 산신제에서 한 가족을 만났다. 캄캄한 산중 무대 위에 두 딸과 엄마는 서로 다른 곳을 바라보고

낮은 목소리의 아빠는 은하수를 배경으로 기념사진을 찍고 있었다. 나도 슬그머니 이 아름다운 가족을 찍었다. 엄마의 몸속에도 별이 몇 개 들어있다. 홀로 많이 움직였다는 얘기다. 아빠의 그림자가 허공에 세 개, 파란 의자 하나가 더 선명하게 눈길을 끌었다.

의자 세 개가 모자라면 어떤가. 다리 아플 때마다 교대로 앉으면 되는 것을. 만약 의자가 네 개였다면 이미 한솥밥의 가족이 아닐지도 모른다. 가까이 은하수가 잠시라도 내려앉으라고 선명한 의자 하나 내놓았을지도. 의도와는 상관없이 나 혼자 생각해보는 것이다.

20초 동안 몰래 찍는 게 쉽지 않았다. 자정 무렵의 산중에서 처음 본 가족과 눈인사도 하지 않고 찍었다. 수동조작을 다 해놓은 카메라를 슬그머니 캄캄한 바닥에 던져놓고 딴청을 피웠다. 발로 툭툭 건드리며 각도를 잡으며 여러 장을 찍어 한 장을 건졌다. 잠시 찍은 사진 확인을 하는 동안에 이 가족들은 순식간에 사라지고 말았다. 유령가족을 본 것일까. '도촬'은 범죄지만, 얼굴이 안 나오니 다행이다. 혹 이 가족들이 사진을 보고 연락주신다면 원본 사진을 보내 드릴 것이다.

날이 밝자마자 경북 상주시 은척면으로 달려갔다. 우리나라의 유일한 교당인 상주동학교당을 찾아갔다. 황구하 시인의 소개로 올해 93세이신 상주동학교당의 곽아기 할머니를 만났다. 동학東學 남접교주 김주희의 며느님이다.

충북 영동에서 시집와 무려 77년 동안 이 터를 지켜왔으니 이미 한 그루 노거수가 되었다. 아버님이 지어주신 이름이 '아리따울 아'

에 '터기' 곽아기라 했으니 이름 그대로 여전히 참 고우시다. 지난 봄부터 찾아 헤매는 신물神物인 금자 은자의 전설, 그 진면목 근처에도 가 닿지 못했지만 곽아기 할머니의 환한 웃음보다 더 좋은 신물이 어디 있겠는가. 살아 그대로 신물 같은 신목 그 자체였다.

우리나라에서 유일한 동학교당 입구에 '경주금척 동학포태慶州金尺 東學抱胎 상주은척 포덕천하尙州銀尺 布德天下'라는 글귀가 눈길을 끌었다. 경주 금척에서 동학이 처음 일어나고 상주 은척에서 널리 전파됐다는 말이다. 수운 최제우의 어머니가 바로 경주 금척마을의 과부인 청주 한씨인데 구미산 너머 생가와 그리 멀지 않다.

경주 금척고분에 금자를 묻고 상주 은자산에 은자를 묻었다는 전설이 전해져오는데 그러고 보니 금자金尺 은자銀尺의 전설과 동학이 천년세월을 가로질러 맞물려 있다. '죽은 사람에게 대면 다시 살아나고 가난한 사람이 소원을 빌면 무엇이든 소원이 이뤄진다'는 금자와 은자는 무엇을 의미할까. 단군왕검과 신라의 박혁거세, 진평왕 그리고 조선시대 이성계와 조선말의 금척대훈장까지 금자라는 말은 무수히 전해오지만 그 실물은 추정만 할 뿐 아직까지 재현하지 못했다.

진안 마이산의 금척과 조선의 '몽금척무'에 등장하는 것도 모두 자가 아니라 칼 모양이니 그리 신뢰가 가지 않는다. 금자는 단군왕검이 천부경의 묘리를 터득한 뒤에 만든 황금자였다는데, 그 형상은 '삼태성三台星이 늘어선 것 같고, 머리에는 불구슬을 물었으며, 4절5촌으로 이루어진 신기였다'고 한다. 금자로 언덕을 재면 언덕이 평지가

되고, 흐르는 물을 재면 물길을 돌릴 수 있으며, 병든 사람이나 짐승들의 몸에 대면 모든 병이 깨끗이 나을 수 있고, 심지어 죽은 사람까지도 살려 내었다고 한다.

단군시대 천부경에서 시작된 금자의 전설이 김주희의 손자인 김정선 접장의 말처럼 동학이라는 활인척活人尺으로 현현한 것일까. 3박 4일 동안 금자 은자 화두를 물고 수운 최제우의 화결시를 되뇌며 1200km를 달렸다.

방방곡곡행행진方方谷谷行行盡 수수산산개개지水水山山箇箇知

송송백백청청립松松栢栢靑靑立 지지엽엽만만절枝枝葉葉萬萬節

노학생자포천하老鶴生子布天下 비래비거모앙극飛來飛去募仰極

(방방곡곡 걷고 걸어 내 고향 산수를 샅샅이 살펴보자. 소나무 잣나무가 서로마다 서서 수많은 마디로 얽혀 있듯이 각자가 독자성을 살리되 서로 연대하라. 늙은 학이 새끼를 쳐서 천하에 퍼뜨리듯 우러르고 사모하는 마음이 극진하게 하라)

경주-상주 먼길을 돌아오니 '지리산 시인 이원규와 함께하는 시베리아 철도와 별 사진 인문기행' 팀이 꾸려졌다는 소식이 왔다. 성수기 비행기 표 때문에 25명으로 확정 마감했다고 한다. 내 이름을 걸고 가는 첫 시베리아행이지만 모두 함께 만들어가는 먼 길이니 참가자 모두가 벌써부터 그립다. 이지상의 책 제목처럼 '스파시바 시베리아!'.

2002년에 녹색영성순례단 일원으로 난생 처음 가본 바이칼 호수, 그 때는 부르한 바위 앞에 자작나무 솟대를 세우면서도 별 사진을 제대로 담지 못했다. 야생화 사진만 좀 찍었을 뿐 당시는 별 사진을 찍을 실력도 없는데다 삼각대 등 장비도 갖추지 못했다. 다만 바이칼 호수 자작나무 숲에서 들려오던 흙피리 소리, 그 때 처음 민족 시원始原의 소리를 몸에 새겨왔다. 그리고 설날 무렵, 16년만에 다시 찾아갔을 때 영하 30도의 밤에 겨우 별 사진 두 어장을 얻어왔다.

이번에는 바이칼 호수 알혼섬에서 2박을 하니 은하수를 볼 확률이 매우 높아졌다. 일부러 일정을 음력 그믐 무렵에 맞춰 놓았으니 제대로 '별잔치'를 할 수 있을 것이다. 전생에 뭐 그리 잘 한 것도 없을 터인데 일단 오는 복이니 잘 간수해야겠다. 참가자 모두의 얼굴 선명하게 은하수 아래 최초의 단체 기념사진을 찍을 수 있기를!

한밤중에 나가보니 모두 잠든 사람의 마을에 은하수가 내리고 있었다. 장마가 끝나자마자 연일 폭염경보와 주의보가 내렸다. 무덥고 습하지만 오히려 별빛은 더 초롱초롱했다. 한밤중에도 더위와 모기와 일전을 겨뤄야 했지만 은하수가 내리는 밤을 어찌 그냥 잘 수 있으랴.

지난해부터 밤마다 전국의 폐사지를 찾아다녔다. 아무도 찾지 않는 한밤중의 폐사지에서 천년 세월의 석탑과 별빛을 보며 그곳에서 새벽까지 적막하고 적막하게 머물다 왔다. 천년 석탑 위로 빛의 속도로 달려온 별들이 전생과 이승과 저승, 삼세의 시간을 '봐라, 꽃이다' 하며 보여주었다. 시베리아 가기 전까지 폐사지 순례는 계속 이어질 것이다. 이따금 컬러가 아닌 흑백사진으로 담아도 마음 깊이 우러나오는 천년 동안의 천연색이 다 보였다.

백무산 시인의 시 한 구절이 떠올랐다. '옛사람들은 거울보다 먼저 마음을 비춰보는 돌을 발명하였습니다'. 여전히 절창이다. 문득 생각 하나가 화살처럼 날아와 내 심장에 꽂혔다. 제2의 화살을 어떻게 피할 것인가.

바이칼 호수 은하수 아래 단체사진을 찍다

마침내 9박 11일 동안의 시베리아철도 인문기행의 날이 다가왔다. 72시간 시베리아 횡단열차를 타고 블라디보스토크-울란우데-이르쿠츠크로 가는 것이다. 바이칼 호수 알혼섬에서 이틀 동안 머무르는데 은하수를 볼 수 있을지 자못 기대가 컸다.

그 무슨 복도 많은지 2002년과 지난 겨울에 이어 어느새 세 번째 바이칼 호수 알혼 섬을 가보는 것이다. 해외여행 욕심은 없는데 이곳은 자꾸 몸과 마음이 쏠린다. 지난 겨울에는 영하 30도를 무릅쓰고 소나무를 배경삼아 별 사진을 찍었다. 이번 기행 일정도 양력이 아니라 미리 음력 그믐 무렵으로 맞췄다. 이제부터 슬슬 달도 늦게 떠오르고 바이칼호수의 여름 은하수를 만날 확률도 매우 높아졌다.

거의 세계 최초(?)로 바이칼 호수에서 은하수를 배경으로 인문기행 팀의 단체사진을 찍는 것이 최고의 목표가 되었다. 성공할 확률은

반반이지만 참가 인물들의 얼굴도 선명하고 은하수의 디테일도 살린다면 금상첨화일 것이다. 날마다 폭염 신기록을 경신하는 한여름, 아마 시베리아를 가지 않았다면 나는 분명코 태백의 어느 고랭지 배추밭에 갔을 것이다. 밤의 푸른 배추밭 위로 떠오르던 은하수, 그 풍경을 되새기며 시베리아로 날아갔다.

〈지리산 시인 이원규와 함께 하는 시베리아철도 인문기행〉이라는 거창한 타이틀에 내 이름을 덧붙인 시베리아 기행이었다. 하지만 이미 12번째 방문한 싱어송라이터 이지상의 길잡이로 나는 큰 부담 없이 아주 편하게 무임승차를 하게 된 셈이었다.

트럭기사, 벌목공, 노동운동가, 시민운동가, 사업가, 사진가, 피디, 아나운서, 가수, 시인, 춤꾼, 교수, 교사, 학생 등 25명의 다양한 길동무들이 있어 드넓고도 먼 시베리아가 다정다감하게 다가왔다. 그 먼 길을 가고 오는 동안 눈살 한번 찌푸리지 않았으며 크게 아픈 사람도 없고, 다친 사람도 없고, 기차를 놓치거나 의기소침한 사람 하나 없었다. 정말 기적 같은 시베리아의 길동무이자 아주 오래된 친구 같은 도반이자 순례자들이었다.

인천공항-블라디보스토크-우수리스크, 블라디보스토크-이르쿠츠크 시베리아횡단열차72시간, 바이칼호수 알혼섬-이르쿠츠크-하바롭스크-인천공항. 만만치 않은 일정이었지만 여느 패키지여행과는 전혀 다른 감동적인 시간들이었다. 발해, 연해주, 고려인, 항일 독립투사들의 발자취를 따라가며 웃고 노래하다가 엉엉 울며 다시 춤을 추었다.

우수리스크에서 고려인 4세들의 눈물겨운 공연을 보고, 뜻밖에 마주친 바이칼 호수의 대낮 물안개와 영상 9도를 기록한 쌀쌀한 밤의 알혼섬, 마침내 그곳에서 예상했던 은하수도 환하게 품었다. 더불어 앙가라 강변을 거닐고 아무르 강의 노을과 개기일식을 지켜보았다.

　　그리고 이번 시베리아기차 인문기행에서 50% 장담했던 약속 하나를 겨우 지켰다. 바이칼 호수 알혼 섬의 은하수 아래 '세계최초'로 단체사진을 찍어보겠다는 약속이었다. 그 약속을 지켰으니 그나마 9박 11일 시베리아행의 체면을 살린 셈이다. 애초에 시베리아 일정을 잡을 때부터 별을 잘 볼 수 있는 음력에 맞춘 것이 주효했다. 대개는 여행일정을 잡을 때 몽골이든 히말라야든 음력을 고려하지 않는다. 막상 현지에 가서야 아뿔싸 하고 후회하는 것이다.

　　바이칼 호수의 은하수를 꿈꾸며 시베리아 블라디보스토크에서 이르쿠츠크까지 횡단열차를 타고 사흘 낮밤 72시간 동안 4000km 달려갔다. 다시 바이칼 호수 알혼섬까지 6시간 동안 버스를 타고 가는데 흐렸던 날씨가 조금씩 맑아지기 시작했다. 바이칼호수에 가까워지자 한낮의 물안개가 밀려왔다. 좀처럼 보기 힘든 바이칼의 물안개를 대낮에 본 것이다. 아주 좋은 징조였다.

　　물안개가 피어오른다는 것은 하늘이 쾌청해진다는 뜻이다. 운이 좋게도 알혼섬 첫날밤에 은하수를 만났다. 다만 아쉬운 것은 은하수가 떠오르는 방향이 바이칼 호수 쪽이 아니라 소나무 숲이었다. 바이칼 호수를 배경으로 은하수를 담으려면 차라리 알혼섬으로 들어오지 않고 선착장 옆의 완만한 초원의 능선에 오르면 더 좋을 것이다. 다만 바이칼 호수가 바다처럼 너무 넓기 때문에 능선의 나무 하나쯤 배경으로 담아야 할 것이다.

어찌됐든, 알혼 섬의 첫 날밤은 황홀했다. 즉석 '바이칼 문화제'가 노을호수를 배경으로 열렸는데 졸속 행사치고는 너무나 꽉 짜인 행사였다. CBS 서경희 아나운서의 사회로 이지상의 노래와 안소희, 이승용, 박미현, 이원규 등 시인 4명의 낭송과 춤꾼 문영숙씨의 춤, 그리고 더불어 추는 군무 등이 샤먼의 성지, 알혼섬의 깊푸른 호수와 한 몸이 되었다.

특히 안소휘 시인의 편지 낭독 때는 모두들 눈물바람을 했다. 먼저 간 아들에게 보내는 절절한 어머니의 편지는 창자가 끊어지는 고통이 무엇인지 일깨워주었다. 바이칼 호수 물결이 끝없이 한반도까지 밀려가는 듯했다. 웃고 울다가 한풀이하듯 춤을 추는 밤이었다.

바이칼 문화제가 끝나고 독한 보드카를 마셨다. 눈물 젖은 건배를 하고는 지리산 구례에서 온 교사출신 박애숙 님의 기타 반주로 7080 추억의 노래를 불렀다. 전태일기념사업회 민종덕 형님의 아내인 박애숙님은 기행 내내 낮은 목소리로 기타반주를 하며 횡단열차를 그 옛날의 춘천행 기차 분위기로 바꿨다. 열대야를 견디는 한국의 벗들에게는 참 미안할 정도였다. 섭씨 9도의 쌀쌀한 날씨에 덜덜 떨며 보드카로 몸을 데워가며 은하수를 기다렸다.

바이칼 보드카의 취기가 슬슬 오르자 마침내 미리 봐두었던 소나

무 숲에서 알혼섬의 환한 은하수가 떠오르기 시작했다. 모두들 취한 몸 비틀거리며 비포장 신작로를 건너 소나무 숲으로 달려갔다. 은하수를 배경으로 사진을 찍는데 모두들 취한 데다 어둠에 익숙지 않아 20초 동안 동작을 멈춘 채 서 있는 것이 쉽지 않았다. 움직이지 않은 길동무의 얼굴은 선명했지만 조금이라도 흔들린 사람은 흐릿했다. 하지만 흔들려도 좋고 흐릿해도 좋았다.

일단 인증샷을 찍어놓고 일평생 별 사진을 처음 찍어보는 다섯 분에게 졸지에 사진 강사가 되어 나름의 별사진 비법을 전수했다. 그러는 동안 너무 추위를 느낀 이들은 슬슬 숙소로 돌아가고 많이 취한 이들은 아예 풀밭에 드러누워 마치 발버둥 치듯이 춤을 추었다. 너무 많이 움직여 인물이 귀신처럼 희미해지기도 했다.

언제 다시 이런 밤을 맞겠는가. 밤 11시 53분부터 12시 45분까지 담으니 은하수가 지평선 아래도 슬슬 내려갔다. 지난 겨울에는 영하 30도의 눈밭에서 소나무를 배경으로 북두칠성을 담았는데, 꿈꾸며 미리 상상했던 바이칼 은하수 사진을 담았으니 여한이 없었다. 내 생애 받을 복을 미리 다 받는 느낌이었다.

브리야트 샤먼의 본고장인 알혼섬에서 '언어 이전의 별빛'을 떠올렸다. 평론가 임우기 형님이 운영하는 솔출판사에서 나온 허만하 시인의 신작시집 『언어 이전의 별빛』, 어쩌다 이 시집의 표지를 내 사진으로 장식했다. 자작나무숲의 별빛을 담은 사진인데 이 시집의 제목처럼 묵직하고 깊은 울림이 오랫동안 몰려왔다.

지난 5년 동안 별사진에 몰두하다보니 시베리아나 몽골의 은하수는 우리나라보다 조금 빠른 5월이나 6월에 담아야 제격이라는 사실을 알았다. 남반구에서는 은하수가 온몸을 드러내는데 비해 북반구에 가까울수록 은하수의 절정인 궁수자리나 전갈자리가 더 빨리 지평선 아래로 내려가기 때문이다.

조금은 부족한 듯하지만 그래도 바이칼 알혼섬의 은하수를 담았으니 한을 풀었다. 굳이 히말라야나 먼 나라의 별빛을 찾아갈 필요가 없으니 이제 우리나라 오지마을의 별빛을 찾아 헤매는 일만 남았다. 갈수록 별이 잘 안 보이는 나라, 아예 별을 잊고 사는 나라, 보여도 잘 안 보는 나라에서 "여기 있소" 하며 별을 찍어 보여주는 것이 더 큰 의미가 있기 때문이다.

어느새 은하수 본 시즌은 지났지만 맑은 날 달이 없는 밤이면 '언어 이전의 별빛'들이 찾아와 안부를 묻는다.

반딧불이, 살아 춤추는 '지상의 별'

모처럼 하도 별빛이 좋아 5일 동안 밤을 지새며 너무 많은 별을 보았더니 몸살이 났다. 목구멍 속에서 별똥별이 튀어 나올 것 같은 기침 때문에 제대로 잠을 잘 수 없었다. 병든 폐 속에도 은하수가 흐르는지 가래가 나오고 온몸이 출렁거렸다.

고맙게도 부산의 이청산 형이 기침약을 보내왔다. 일본 약인데, 기이하게도 큰 기침 없이 아주 편하게 잠을 잘 수 있었다. 그러고 보니 이제 몸살도 슬슬 물러가는 것 같다. 단식 후의 보식처럼 몸살도 꼭 그만큼의 시간이 필요하다. 밤새 너무 많이 본 별들이 주는 통증이라면 기꺼이 감수하고 감당하는 게 마땅한 이치일 것이다. '별나무'처럼 다시 내 몸속에 별들을 내장할 때가 다가왔다.

저 하늘엔 별들이 반짝이고 이 땅 어디에선가 반딧불이들이 날아올랐다. 우리 말로 쓴 시가 캄캄한 어둠 속에서 별처럼, 반딧불이처럼 반짝인다면 그 얼마나 좋을까. 오랫동안 별빛에 깊이 중독되었다가 요즘엔 반딧불에 마음이 깊이 홀렸다.

사실 반딧불이라는 긴 이름보다 그냥 반디라는 어감이 더 좋다. 사람도 짐승도 지상의 별이겠지만 그래도 초여름과 늦여름의 가장 아름다운 '살아 춤추는 지상의 별'인 반딧불이를 찾아나섰다. 어쩌다 보니 부산에서 배를 타고 난생 처음 대마도쓰시마까지 가봤다.

'조선 통신사의 길'을 따라 대마도에 정착한 고광용-윤단경 부부의 초대로 얼떨결에 2박3일 동안 다녀왔다. 히타카츠 항구 바로 근처에서 숙소와 식당인 토키세키TOKISEKI를 운영하고 있다. '토끼새끼'는 우리말 그대로 아기 토끼를 의미하며 세키SEKI는 일본 말로 관문이라는 뜻이다. 고광용 대표의 안내로 찾아간 그 어느 골짜기에서 수천 마리의 반딧불이를 보았다. 마치 숲의 정령을 보는 듯, 누군가의 혼불을 보는 듯했다.

대마도는 일본도, 한국도 아닌 참 묘한 곳이다. 백제시대 왕인 박사가 대마도로 들어와 일본에 천자문과 논어를 전했다고 한다. 그곳에서 힐링센터를 구상하고 있는 고광용 대표와 함께 대마도 구석구석 오지를 돌아다녔다. 밤길 임도에서 100여 마리 이상의 꽃사슴을 보고, 승용차로 돌진하는 멧돼지 두 마리도 만났다. 자연 그대로 잘 보존된 대마도는 야생 동식물들의 천국이자 별유천지 비인간의 섬이었다.

이틀 밤 내내 반딧불이 수색을 다녔는데, 운이 좋게도 수천 마리가

동시에 날아오르는 서식지를 찾았다. 말 그대로 황홀경 그 자체였다. 이렇게 많은 개체수를 한꺼번에 본 것은 처음이었다. 그리고 반딧불을 사진으로 담은 것도 난생 처음이었다. 결코 만만치 않았지만 별 사진을 찍는 것과는 또 다른 묘미가 있었다. 대마도의 반디는 어두워지는 저녁 8시부터 날기 시작해 밤 9시에 절정을 이루다가 마침내 짝을 찾으면 나뭇잎에 깃들어 신방을 차렸다. 이틀 밤 내내 신열 앓듯이 흥분하며 찍은 사진들 중에서 남길 만한 네 장의 사진을 깊이 저장했다.

반딧불이 축제를 하는 우리나라 제주도와 전북, 충북 등에도 장마가 오기 전에 슬슬 반딧불이들이 연초록, 연노랑의 등불을 켜고 밤마다 짝을 찾아 날아다니기 시작했을 것이다. 제주도의 청수곶자왈에는 반딧불이를 찾아오는 관광객들과 사진꾼들 때문에 위기에 처했다는 소식을 들은 바 있어 직접 가보지 않고도 마음 한 구석이 아렸다. 우리 집에도 몇 마리 찾아오는데 아직은 보이지 않았다.

'자체발광' 반딧불이의 다른 이름은 개똥벌레, 불벌레, firefly불파리, 형화螢火다. 대중적인 노래인 '개똥벌레'와 한자 형화는 익숙한데 우리말 불벌레는 좀 낯설다. 파리의 영어명이 fly라고 하듯이 firefly, 즉 불파리 또한 재미있다. 우리나라에는 애반딧불이, 운문산반딧불이, 늦반딧불이 등이 있다. 6월 초순 전후에는 애단빗불이가 나오고, 8월 중순부터는 늦반딧불이가 나온다. 대마도의 반딧불이는 반짝 반짝 빛을 내는 것과 길게 불을 켜는 반딧불이, 그리고 서치라이트처럼 빛을 쏘는 반딧불이가 있다고 한다. 6월의 우리나라 애반디는 반짝 반짝 빛을 내며 날아가고, 대마도 반디는 길게 빛의 선을 그으며 날아갔다.

반딧불은 냉광冷光이다. 99%가 빛이고 겨우 1% 정도가 열로 빠져나가므로 뜨겁지 않은 차가운 빛이다. 반딧불이의 형광螢光과 흐린 날이나 비 오는 날 무덤가에서 혼불처럼 날아다니는 인광燐光이 모두 냉광이다.

자체발광이란 한자어가 너무 정겨워졌다. 그 누구나 반딧불이처럼 스스로 빛을 낼 수 있다면 그 얼마나 좋겠는가. 빛나는 누군가에게 불나방처럼 달려드는 삶이란 그 얼마나 비주체적이며 자존심 상하는 일인가. 태양과 별처럼 빛나는 지구상의 유일한 곤충인 반딧불이에 대한 동경심을 어찌 억누를 수 있겠는가. 그것도 달빛처럼 차가운, 그러면서도 빛을 반사하는 달이 아니라 스스로 차가운 빛을 내며 끝끝내 온몸 불타지 않는 정열이라니!

대마도에서 돌아오자마자 마치 무병이라도 앓는 듯이 지리산 계곡을 수색했다. 밤마다 반딧불이 서식지를 찾아다녔다. 20년 동안 살아온 지리산 골골을 수색하며 옛 기억들을 떠올렸다. 길 위에 천막을 치고 자면서 보았던 반딧불이의 추억을 되살렸다.

닷새 뒤에 마침내 지리산 남부능선 어느 골짜기에서 반딧불이 서식지를 찾아냈다. 축제다 뭐다 다 망쳐질지 모르니 아직은 나 혼자만의 '비밀의 숲' 하나 생긴 것이다. 대마도에서 보았던 수천 마리의 반디가 여전히 부럽지만 내겐 아직 살아남은 지리산 반딧불이가 더 소중했다. 마구 농약을 치던 관행농법에서 그나마 저농약이나 친환경농

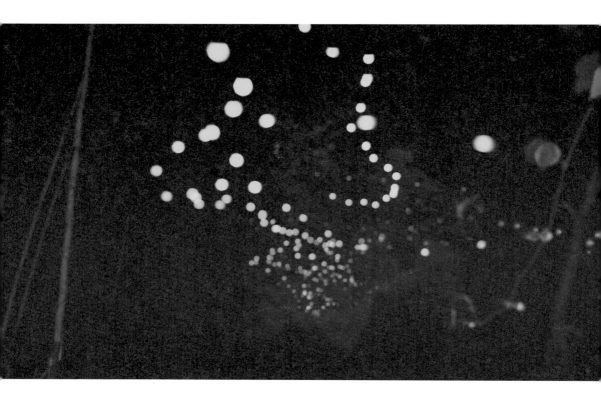

법으로 전환하면서 메뚜기와 반딧불이 등이 돌아오기 시작했다. 생태적인 마을 곳곳에 귀환하는 반딧불이들이 더더욱 반가운 것은 인간 또한 그만큼 살만해졌다는 뜻이다.

잘 보존된 대마도의 자연을 보면서 마구 파헤쳐지고 여전히 난개발 공사가 진행 중인 우리의 제주도와 남해안 바닷가를 떠올렸다. 그리고 농어촌이나 섬이나 해안가가 쓸데없이 너무 밝다는 것을 절감했다. 필요한 만큼만 밝아야 하는데 도대체 무엇이 두려운지 밤이 대낮처럼 밝았다. 어찌 보면 우리는 모두 야행성이지만 어두운 곳의 부적응자들이 아닌가.

날이 저물기 시작하자 문득 반딧불이가 보고 싶었다. 나의 흑마와 함께 지리산 그 골짜기로 달려갔다. 행여 반딧불이들이 놀랄까봐 서식지 근처에서 시동을 끄고 바이크를 살살 끌고 갔다. 며칠 동안 반딧불이의 길, 반딧불이의 행로를 지켜봐왔기에 이들의 동선에 맞춰 바이크를 세워놓고 기다렸다. 삼각대에 카메라를 세팅하고 기다리니 밤 10시 30분쯤부터 한 마리, 두 마리 자체발광의 모습을 드러내기 시작했다. 급기야 처음 보는 바이크 주변을 맴돌기도 하고 내 머리 위로도 날기 시작했다. 함께 춤을 추고 싶었으나 반딧불이들이 달아날까 제대로 숨도 못 쉴 정도였다.

그리고 이틀 뒤에 갔더니 반딧불이들이 별빛과 함께 날아올랐다. 나만의 비밀 계곡, 그 대숲에서 반딧불이가 날아오르고 밤하늘에는 북두칠성 등의 별들이 북극성을 따라 돌고 있었다. 지상의 별과 천상의 별이 만난 것이다. 얼마나 이 순간을 기다려 왔던가.

언제나 그렇듯이 미리 상상하고 예감하고 예측하는 일은 즐겁다. 남몰래 속으로 후끈 달아오르는 신명을 어찌할까. 5월 말부터 백주대낮에 홀로 상상하고 예감하며 반딧불이의 행로와 별들의 일주를 예측했다. 예감은 역시 몸으로 하는 것, 밤마다 별과 반딧불이보다 먼저 자리를 잡고 온몸 캄캄하게 기다려야 했다. '살아 춤추는 지상의 별' 반딧불이와 '시공초월' 천상의 별이 어떻게 마주치는지 궁금했다.

보름 정도 마음을 주고 몸을 부리다보니 단 하룻밤, 그것도 세 시간 정도만 '우주 쇼'를 보여주었다. 상상과 예감과 예측이 현실로 다가온 것이다. 고흐의 '별이 빛나는 밤'처럼 지리산 반딧불이와 별들이 춤을 추었다. 그리하여 별 궤적과 반디의 춤이 한 장의 사진으로 남았다. 오랫동안 홀로 숨죽이며 꿈꾸던 사진이었다. 반딧불이의 군무가 보여주는 '오래된 미래'가 눈물겨웠다.

칠월칠석 밤하늘의 UFO를 찍다

칠월칠석이 지나자마자 한바탕 '지리산 UFO?' 소동이 일었다.

바로 내가 찍은 한밤중의 미확인비행물체 사진 5장 때문이었다. 나는 이 사진들을 8월 11일 페이스북에 공개하며 한국천문연구원 등 전문가들의 견해를 물었다. 곧바로 10여개 신문과 방송 등에 사흘 연속 소개되면서 포털사이트 검색어 상위에 오르기도 했다. 지금 생각해도 이 사진을 찍을 당시의 흥분을 가라앉힐 수 없다.

어쩌다 시인이 과학면 천체관련 기사에 이름이 거론되다니 참 재미있고도 당혹스럽다. 사실 페이스북에 이 사진들을 올리자마자 중앙일보 사진부장 출신인 사진가 주기중 선배의 연통으로 그날 새벽에 현 사진부장이 전화를 해왔다. 나는 두말없이 칠월칠석날 밤에 찍은 원본 사진 5장을 이메일로 전송했다. 나도 너무 궁금했으니 사진기자와 과학전문기자, 그리고 한국천문연구원의 자문을 받고 싶었다.

그러니까 중앙일보 기사는 내가 응한 것이고 그 나머지 언론은 내 페이스북을 보고 뒷북을 친 셈이다. 어느 신문의 인턴 기자는 내게 문의하지도 않고 페이스북의 글과 사진을 실었다. 당장 사진설명부터 틀렸다. '구례 지리산 서쪽 하늘에 미확인 발광체'는 참 뜬금없는 추측성 설명이다. 엄밀히 말하자면 경남 합천군 가회면 황매산 9부 능선에서 서쪽 방향을 찍은 것이다. 결과적으로 지리산 방향이니 완전 오보는 아니지만 이런 추측이 어찌 가능한지, 참 재미있다. 요즘 일부 기자들은 SNS에 의지해 별 고민 없이 쉽게 기사를 쓰는 것 같다. 그러다보니 오보 확률도 높아지는 것이다.

UFO를 찍은 날은 2019년 8월 7일 칠월칠석 한밤중이었다. 나는 오후 9시쯤 황매산에 올라 반달이 지고 은하수가 나오길 기다렸다. 하지만 구름이 너무 많아 한참을 기다려야 했다. 마침내 반달이 서쪽 산으로 넘어간 뒤부터 전설 속의 견우직녀성이 또렷하게 보이기 시작했다. 슬슬 수동으로 카메라를 조작하며 올해의 마지막 은하수를 찍는데, 서쪽 하늘이 갑자기 엄청나게 밝아졌다. 이미 반달이 지고 한 시간이나 지난 뒤인데 고리성운처럼 둥글고 큰 빛이었다.

지난 6년 동안 별빛 좋은 밤이면 거의 날마다 별똥별을 찍고, 더 강력한 불덩이인 파이어볼火球도 사진으로 담아보고, 인공위성이나 비행기 궤적도 수시로 담았지만 이처럼 강하고 크고 넓은 빛은 처음이었다.

8월 8일 0시 14분부터 0시 19분까지 5분 정도 서서북쪽 하늘에서

벌어진 일이다. 14mm 광각렌즈로 찍어도 이렇게 선명할 정도니 사실은 엄청나게 크고 밝은 빛이었다. 밤하늘이 순식간에 밝아지는 것을 발견하고 삼각대 옮기고 카메라 수동 조작하는 시간을 더한다면 최소 7분 정도 이상의 현상일 것이다.

처음엔 엄청나게 밝고 둥근 구름인 줄 알았다. 조금씩 움직이는 불빛이지만 일반적인 UFO 형상과는 조금 달라보였다. 흥분을 겨우 가라앉히며 장노출 20초짜리 5컷을 연이어 찍다보니 그 밝은 빛이 서서히 희미해졌다. 아마도 항성이 아니라 혜성이나 행성으로 보이는데 더 빛나는 별 하나만 남겨놓고 반지모양의 밝은 빛은 다 사라지고 말았다. 망원렌즈를 가져갔다면 더 좋았겠지만, 칠월칠석에 이 무슨 귀신 곡할 노릇인가. 이 세상에도 알 수 없는 일들이 문득 일어나듯이 저 우주에도 알 수 없는 일들이 수없이 일어난다.

새벽에 집에 돌아와 인터넷 검색을 하고 구글 번역기를 돌려가며 찾아봐도 이와 비슷한 장면의 사진을 찾을 수 없었다. 한국천문연구원의 홈페이지에도 천체 관련 새로운 정보가 없었으며, 구글로 검색해보고 국제뉴스까지 뒤져보았지만 초신성 폭발 등 그 어떤 실마리도 찾지 못했다. 그리하여 한국천문연구원에 정중하게 메일을 보내기도 했다.

"저의 카메라는 캐논 마크4이며, 삼양 14mm 광각렌즈로 찍었습니다. f2.8, 장노출 20초, raw 파일과 jpg 파일로 담았습니다. 너무 크고 밝은 고리성운 같은 빛에 이끌려 정신없이 삼각대를 바로잡고 수동조작을 했으니, 이처럼 밝은 천체현상이 아마도 7~8분 이상 일어났을 겁니다.

망원 렌즈를 가져가지 않아 좀 아쉽습니다만, 지난 8월 8일 자정 지날 무렵의 이 천체 현상이 무엇인지, 혜성 폭발이나 초신성 폭발인지 너무나 궁금합니다. 일단 .jpg 원본 파일 5장을 첨부하오니 귀 천문연구원에서 검토 분석해보시고 그 결과를 알려주신다면 영광이겠습니다."

UFO 촬영 팩트

일시 2019년 8월 8일 0시 14분 - 0시 19분
장소 황매산 9부 능선 서북쪽 지리산 방향
(북극성과 목성 사이 중앙쯤, 왕관자리에서 헤라클레스 자리 쪽으로 이동)
장비 캐논 마크4, 삼양 14mm 광각렌즈
촬영데이터 F2.8, 장노출 20초, raw & .jpg 파일
AS8A4287- AS8A4291 5장

하지만 이렇게 촬영 팩트와 원본사진까지 보냈으나 아직까지 한국천문연구원으로부터 아무런 답신이 오지 않았다. 그런데 그날 이후

부터 칠월칠석 날 같은 시간에 이 천체현상을 목격한 사람들이 줄줄이 나타나기 시작했다. 먼저 산청에서 별아띠천문대를 운영하는 김도현 씨가 페이스북에 나와 같은 경험의 글을 남겼다. "그저께 밤에 이상한 현상을 관측하였다. 청주에서 천문대를 운영하는 두 분이 별아띠에 오셔서 밤늦게까지 별보며 노는데 갑자기 북서쪽 하늘에서 밝게 빛나면서 90도 정도의 흰색 꼬리가 파동 모양을 생기는 것을 보았다. 망원경으로 관측했는데 별 사이를 이동했다. 사진도 몇 장 찍었는데 헤라클레스 자리로 이동하면서 약 10분 후에 사라졌다. 세 사람이 다 별에 대해 문외한은 아닌데 도무지 무언지 알 수가 없었다."

김기호 씨도 댓글에서 "저도 그날 같은 현상을 봤습니다. 울주군 야산에서 12시쯤 별 사진 찍다가 한 장 찍었네요. 너무 신기해서 넋놓고 보다가, 동영상이라도 촬영해 놓을 걸 그랬어요."

그리고 청주에서 거꾸로천문대를 운영하는 분이 내 사진관련 뉴스를 보고 이런 글을 올렸다. "산청의 별아띠 천문대를 방문했다. 프로그램을 다 마무리하고 대장님과 맥주 한 잔 마시며 오랜만에 정말 많은 별을 봤는데, 8월 8일 0시 14분쯤 하늘이 갑자기 밝아졌다. 폭발하듯 밝아진 대상을 처음에는 '연기인가? 누가 이 야밤에 불을 피워' 라고 생각할 정도로 밝았고, 이내 내 생각이 잘못되었음을 느꼈다. 생전 처음 보는 현상에 어리둥절했다. 구름처럼 보이는 부분은 빠르게 어두워졌고 중심은 밝아졌다. 망원경으로 관찰했을 때는 천천히 이동하고 있었다. 시직경이 크고 단기간에 나타난 현상이라 적어도 멀리 있는 천체는 아니고 대기 근처나 내부에서 일어난 현상이라고 생각하고 있다. 우리 말고 본 사람이 또 있었나 보다. 오늘 뉴스 기사에 나왔다. 로켓으로 생각되는데 아직 시간에 맞는 로켓 발사 데이터는 찾질 못했다. 아니면 데이터를 공개하는 로켓이 아닌가?"

국내는 물론 해외에까지 목격담이 이어졌다. "8월 15일 〈뉴스1〉에 목격담을 전한 제보자는 몽골 여행 중 일행 6명이 동시에 지리산에서 관측된 것과 유사한 발광체를 목격했다고 전했다. 제보자 일행들은 지난 8일 0시 5분쯤 몽골 중부에 위치한 어기호수Ugii lake 인근에서 함께 발광체를 목격했다. 이 제보자는 '6명 일행이 10분 정도 큰 밝은 빛이 동그랗게 커지다가 희미하게 터지는 모습을 봤다'며 '처음에는 달이나 UFO를 의심했는데 달은 분명 밝은 물체 오른쪽에 떠 있었다'고 말했다. 직접 촬영했다는 사진을 함께 보내온 한 제보자는 비슷한 시간대에 발광체를 강원도 양양에서 목격했다고 밝혔다. 이원규 시인이 촬영한 사진 속 발광체와 매우 흡사한 빛의 모습이 담겼다. 이 제보자는 '움직이진 않았으나 밝은 빛 중심이 원형으로 커지다 없어져 구름인가 생각했다'고 설명했다."

하지만 각 뉴스에 다시 언급된 한국천문연구원의 해석도 무성의하고 불성실한 답변만 계속됐다. 천문연의 한 연구자는 "초신성 등 우주에서 일어난 천문현상은 아니다. 천문현상이라면 호주나 일본, 중국 등 다른 아시아 국가에서 곧바로 보고가 됐을 텐데 이 시간에 보고된 바가 없다. 천문학적인 현상은 아니고 아마도 대기현상으로 추정된다"고 했다. 이어 "아마도 인위적인 불빛에 의해 만들어진 난반사에 가까운 현상"이라고 밝혔다.

하지만 이 '대기현상'이 빚어진 사진, 그러니까 내가 찍은 사진과 비슷한 것이라도 좀 보여주면 좋았겠지만, 구체적인 근거를 내놓지 않았다. 전 세계 '대기현상' 사진들을 찾아보니 나의 선명한 사진과는 달리 거의 모두 오로라 비슷했다.

그리고 그 무렵의 뉴스에서 '소행성 2006 QQ23'를 흥미롭게 읽었다. "올해는 추석을 한 달 앞둔 8월 10일에 지름이 570m에 달하는 커다란 소행성이 지구에 접근하다가 740만여km 거리를 두며 지나갔다. 2006년 8월 21일에 처음 관찰돼 '2006 QQ23'으로 불린다. 롯데월드타워보다 큰 이러한 소행성이 지구와 충돌하게 되면 한 국가 전체를 멸망시킬 정도의 파괴력이 발생한다. 지구와 달 사이의 19배 되는 거리를 두고 지나갔지만 우주상에서 보면 매우 가까운 거리다."

이 또한 같은 날의 일이지만 이 소행성이 폭발하지는 않았으니 내가 찍은 UFO 사진과는 다를 것이다. 그러니까 칠월칠석 한밤중에 마주친 UFO는 말 그대로 내 인생의 미확인비행물체로 남았다.

섬진강 첫 은하수

'달이 차오른다, 가자-'가수 장기하와 얼굴들의 노래가 떠오른다.

하지만 나는 '달이 차오른다, 쉬자'며 달빛 때문에 별이 잘 안 보이는 봄밤, 도둑고양이처럼 예저기 밤마실 쏘다니지 않아도 되니 모처럼 사나흘 밤 두 다리 쭉 뻗고 잤다. 자다가 벌떡 일어나 기상청 위성사진, 레이더를 들여다보지 않아도 되고 앞마당에 나가 눈을 감았다 뜨며 밤하늘의 별을, 별자리와 그 기운을 살피지 않아도 좋았다.

벚꽃이 다 질 때까지 11년만의 신작시집 두 권을 마무리하며 틈틈이 새벽 1쯤 캄캄한 산에 올랐다. 나홀로 별빛 아래 기도하듯이 시집 제목을 정했다. 시사진집 제목은 『그대 불면의 눈꺼풀이여』, 신작시집은 『달빛을 깨물다』로 정하고 보니 그럴 듯했다. 두 권 모두 지난 11년 동안의 신작시들이다. 많이 버리고 버려도 한꺼번에 두 권의 시집이라니 좀 미친 짓이지만 이 또한 게으른 자의 시절인연이니 어쩌랴.

3월 말과 4월의 우리 은하수는 새벽 2시 30분부터 새벽 4시 50분까지 아주 잠깐 그 얼굴을 보여준다. 벚꽃이 막 지기 시작하던 지난 4월 6일 새벽, 오래 기다리며 꿈꾸던 섬진강 은하수를 찍었다. 연사흘 새벽마다 도전하다 겨우 성공했다. 섬진강 하구의 하동이나 광양의 빛 공해가 너무 심해 이미 오래 전부터 포기했던 섬진강 은하수였다. 그동안 몇 번이나 희미한 은하수를 만나긴 했지만 너무 밝아진 섬진강 주변을 탓할 수도 없는 노릇이었다.

너무 높은 산으로 올라간다고 해서 은하수가 더 선명해 지는 것도 아니다. 한국의 지형상 너무 높이 올라가면 산 너머 빛 공해가 더 심해지니 은하수도 흐려진다. 몽골 초원의 은하수도 선명하지만 막상 찍어보면 지평선의 빛 공해가 하늘의 3분의 1을 지워버려 눈으로 보는 것만큼 잘 나오지 않는다. 우리나라 빛 공해는 몽골보다 훨씬 더 심하지만 다행히 아기자기한 산들이 도시 불빛을 막아주니 오지의 포인트만 잘 잡으면 선명한 은하수를 만날 수 있다.

4월 6일 새벽 3시 30분쯤 절호의 기회가 찾아왔다. 몇 년째 꿈꾸고 상상하던 그 자리에서 기다리니 마침내 섬진강 위로 은하수가 모습을 드러내기 시작했다. 마구 벌렁거리는 심장을 억누르며 산벚나무를 배경으로 장노출 셔터를 눌렀다. 섬진강변 벚꽃은 다 졌지만 산비탈의 산벚꽃은 절정이었다.

숱한 시행착오를 겪으며 터득한 나름대로의 노하우를 총동원해 수동으로 다양한 세팅을 하며 집중했다. 조금씩 은하수가 더 선명해지기 시작했다. 전갈자리와 궁수자리가 섬진강을 다 건너가는 새벽 4시 25분, 바로 그때 단 한 컷을 잡아냈다. 조금만 늦었어도 밝아오는 여명 때문에 실패했을 것이다. 벚꽃은 지고 다시 1년을 기다릴 뻔했다.

집에 와서 사진을 확대해 보니 1백장 넘는 사진 중에 마음에 드는 사진 한 장이 남았다. 물론 그 이전 사흘 동안 찍은 사진은 모두 버렸다. 사진은 찍을 때도 최소한의 더하기인 동시에 빼기이고, 또 집에 와서도 버리고 또 버리는 일이 아닌가. 완전 오지의 은하수만큼 선명하지는 않지만 섬진강 은하수로는 현재까지 최상이 아닐 수 없다. 아마도 내가 알기로는 한국 최초의 '섬진강 은하수' 사진일 것이다.

섬진강 첫 은하수를 자세히 들여다보니 은하수 바로 위에서 아래로 별똥별이 내리꽂혔다. 유성치고는 아주 강한 불꽃이다. 화구火球, fireball만큼 강렬한 불기둥은 아니지만 별똥별이 선명하게 벚꽃을 향해 내려왔다. 그리고 그 아래 희미한 선이 하나 보이는데 비행기 궤적이 아니라 인공위성이 지나간 흔적이었다.

전문가들의 분석에 의하면 이 인공위성은 구 소련의 SL-16R/B일 확률이 높다. 현재 작동 중인 위성이 아니라 러시아제 제니트 로켓의 몸체인데, 말하자면 홀로 떠도는 우주 쓰레기인 셈이다. 1987년 3월 18일 발사된 것이라는데 지금도 초속 7.31km로 궤적을 따라 돌고 있다. 그러니까 32년째 아주 가까이 빙빙 돌고 있는 것이다.

인공위성의 몸체는 스스로 빛을 내지 못하므로 저 희미한 궤적의 빛은 태양의 반사 빛이다. 그 밝기는 북두칠성과 비슷하다고 한다. 은

하수와 별빛들이 너무나 멀고 멀어도 섬진강변 동네 가로등에서 가장 가까운 인공위성의 빛과 별똥별이 동시에 공존하는 장면이다.

섬진강 첫 은하수를 보며 나의 눈빛, 당신의 눈빛은 어디쯤 빛나고 있는지 궁금했다. 우리는 지구라는 녹색별에서 걸어다니는 또 하나의 별이 아닌가.

수경 스님의 공양게송

　실로 몇 년 만에 수경 스님을 뵙고 왔다. 이른 아침 장맛비를 맞으며 충남 공주와 세종시 사이의 어느 산자락까지 모터사이클을 타고 달려갔다.

　벌써 오래 전에 환계還戒를 선언하고 돌연 사라졌다가 칩거에 들어간 스님의 처소에서 이문재 시인을 만나기로 했다. 문재 형과 수경 스님의 인연은 2002년 지리산 850리 도보순례 때까지 거슬러 올라간다. 당시 시사저널의 기자였던 이문재 시인이 17일 동안 순례단과 함께 걷고 천막에서 동침하며 밤새워 기사까지 쓰면서 도보순례를 끝까지 완주했다. 그러니까 '지리산 위령제' 때까지 12주 연속 기사를 쏟아냈다.

　무려 18년의 세월을 되새기며 수경 스님과 오붓하게 콩국수를 먹고 차를 마셨다. 점심 한 끼라도 대접하고 싶었는데 스님께서 직접 국수를 삶아냈다. 담백한 스님의 국수는 역시 최고였다.

수경 스님은 이미 10여 년 전에 서울 삼각산 화계사의 주지 소임을 내려놓고 법복을 벗어 부처님께 되돌려주고 승적을 반납했다. 대한 불교 조계종단 최초의 환계 선언을 하고 아무 미련도 없이 훌훌 종적을 감춘 것이다. 스님은 나의 큰 형님이자 아버지 같은 존재였다. 총괄팀장을 맡아 스님과 언제나 함께 했던 낙동강 1천3백 리 도보순례, 지리산 8백50리 도보순례, 65일 동안의 새만금 삼보일배, 1년 동안의 생명평화 탁발순례 1만 리 길, 대운하 반대순례 '생명의 강을 모시는 사람들' 4대강 3천 리 길, 2년 동안의 지리산에서 임진각까지 오체투지 등 10여 년 동안 풍찬노숙의 날들을 보냈다.

그러는 동안 수경 스님의 무릎 연골은 다 닳아버리고 면역체계가 무너져 대상포진이 심하게 찾아왔다. 나와 한 후배는 결핵성 늑막염을 앓고 또 한 후배는 폐에 구멍이 났다. 노숙의 길 위에서 얻은 명예로운 선물이었다. 문제는 몸이 무너진 것이 아니라 순례 길에서 마주친 한반도의 절망적인 현실과 '이명박근혜' 정부뿐만이 아니라 조계종단 등 종교문제와 소위 종교인들의 일부 행태에 몸보다 먼저 마음이 무너진 것이다.

특히 조계종단의 처사는 감내하기 힘들었다. 낙동강에서 분신한 문수 스님의 다비식을 치르는 과정에서 수경 스님은 참담함을 넘어 깊은 절망감에 휩싸였다. 과연 종교인이란 무엇인가, 불교란 무엇인가, 우리는 지금 여기에서 어떻게 무엇으로 사는가, 깊은 성찰과 참회, 그

284

리고 결단의 때를 직감했다. 수경 스님의 환계는 그 결론의 하나였다.

이미 그 이전부터 스님은 늘 말씀하셨다. 스님입네 하고 노보살님들께 절 받는 것도 부끄럽고, 더욱이 가만히 앉아서 보시를 받는 것도 창피하니 어느 산비탈에 들어가 배추농사를 짓고 싶다고 했다. 겨울산 바위에 기댄 채 따스한 햇살 받으며 졸다가 죽고 싶다고 했다. 10년 넘게 환경, 생명평화 운동에 온 힘을 쏟으면서도 선방수좌, 선승의 면모를 잃지 않았다.

승적을 반납했지만 조계종단에서 아직 받아주지 않았으니 여전히 수덕사라는 덕숭문중의 큰 스님이지만, 스님은 이제 종교와 종파를 넘어선 종교인으로 살고 있다.

비록 몸은 깊이 병들었어도 오히려 눈빛은 더 형형해지고 목소리는 더 깊고 넓어졌다. 무문관을 한숨에 통과한 스님다운 스님으로 돌아왔다. 환계를 선언한 뒤 한동안 그 누구도 만나지 않으며 전국의 폐사지를 하나 하나 찾아다니며 순례했다. 아무도 없는 폐사지에서 홀로 기도하고 발로참회를 했다. 혼자 밥을 끓여 먹고 폐사지에서 잠을 자다가 잠시 종적이 노출되는 바람에 일본으로 가 108개 사찰을 잇는 3천리 길을 걷고, 홀로 지팡이 짚고 산티아고 순례 길도 다 걸었다. 인도의 아쉬람에 들어가 수행하다가 아무도 몰래 귀국해 지금의 처소로 몸을 숨겼다.

스님은 비록 몸을 숨기고 있지만 실로 엄청난 일을 하고 있다. 그 동안 사단법인 '사람과 함께'를 만들어 진정한 자비와 보시의 길을 실천하고 있다. 한의사들 모임인 '지금 여기'와 뜻을 모아 그동안 미얀마의 고아들을 위한 학교를 8군데나 세웠다.

처음에는 수돗물 문제 정도 해결해주고 싶었는데 막상 현장에 가보니 물 문제뿐만이 아니었다. 아이들이 땅바닥에서 공부하고 그곳에서 잠을 잤다. 한국전쟁 직후의 우리나라와 다를 바 없었다. 미얀마의 군부독재와 내전 등으로 고아원마다 2천5백 명 정도의 아이들이 동물 농장 같은 곳에 수용돼 있었다. 미얀마에 큰 고아원만 해도 15개 정도인데 1년에 한 곳 이상, 어느새 8군데의 학교와 기숙사를 짓고 우물과 옷과 가방과 신발을 챙겼다.

한 군데에 5억 원 등 실로 엄청난 돈이 들어갔지만 십시일반의 기부자 그 누구도 생색내거나 소문내지 않았다. '왼손이 한 일을 오른손이 모르게 하라'는 것을 종교와 국가를 넘어 진정한 사랑과 자비로 실천해왔다. 새로 지은 학교에 사단법인이나 후원자의 이름 등 그 어떤 공덕비 같은 것을 일절 세우지 않았다. 우리나라 언론에도 일절 알리지 않았다.

기꺼이 함께 하는 이들의 개인적인 종교와 상관없이 그야말로 사람다운 사람들의 연대를 현실화한 것이다. 앞으로는 미얀마뿐만 아니라 북한 어린이들을 돕는 일과 '생태지평' 등의 열정적인 단체 등을 지원해 21세기의 새로운 패러다임 창출의 밑거름이 될 것이라고 했다.

이대로 가다가는 공멸의 지구 위에 살아남기 위해서라도 지구인 모두 삶의 방식을 바꿔야 한다고 역설했다. 모두들 경제성장률이 더

높아지길 기대하지만 이제 지구는 고갈되다 못해 위기에 처했으니 좀 더 가난해질 줄 아는 것만이 희망이라는 것이다. 각 종교의 공통분모는 전혀 다르지 않은데 작금의 종교는 어디로 가고 있는지 깊이 참회할 때라고 했다. 이미 오래 전에 좌우를 넘어 근현대사 희생자들을 위한 지리산 위령제를 지냈듯이 인간을 위해 희생된 동물들, 그리고 살처분 되고 로드킬 당한 생명들을 위한 천도재를 지냈다.

점심 때 수경 스님이 국수를 삶아내며 그 어떤 위대한 일도 한 끼 밥 먹는 일부터 깊이 성찰하며 새롭게 시작해야 한다고 역설했다. 한 끼 밥에 감사하며 부끄러워하며 날마다 성찰하지 못한다면 그 어떤 일도 도로아미타불이라고 했다. 밥을 먹으며 밥에 먹히지 말고 맛에 취하지도 말고 정신 똑 바로 차리라고 했다. 수경 스님이 일흔 살을 맞으며 쓴 공양송은 절절했다.

이 밥은
숨 쉬는 대지와 강물의 핏줄,
태양의 자비와 바람의 손길로 빚은
모든 생명의 선물입니다.
이 밥으로
땅과 물이 나의 옛 몸이요,
불과 바람이 내 본체임을 알겠습니다.
이 밥으로

우주와 한 몸이 됩니다.
그리하여 공양입니다.
온몸 온 마음으로 온 생명을 섬기겠습니다.

스님의 공양송을 되새기며 지금까지 살아온 58년 동안의 날들과
그동안 먹은 밥과 사람과 자연과 지구와 우주를 생각한다. 은하수와
반딧불이들이 더불어 춤을 추던 5월의 마지막 밤처럼!

미얀마의 야자수 밀키웨이

    은하수의 우리말은 미리내인데 '용미르의 강'으로 제주도의 탯말이다. 너무 아름다운 말 미리내는 이제 우리 고유의 언어로 자리 잡은 지 오래다.

    서양에서는 은하수를 밀키웨이MilkyWay라 불러왔다. 그리스신화의 여신 헤라의 '젖이 흐르는 길'이다. 동양에서는 은하계가 강처럼 보인다고 해서 은하수銀河水로 불러왔으며, 천하天河, 천강天江, 천황天潢이라고 했다.

    한 달 전, 수경 스님과 미얀마 사가잉에 갔다가 야자수 너머로 떠오르는 은하수를 보았다. 베트남 오지 하장에서 보지 못한 은하수를 미얀마에서 이틀 연속 보았으니 정말 상상 밖의 일이었다. 때마침 동남아는 11월의 건기인데다 달마저 늦게 떠오르는 밤이었으니 오지를 지나는 차장 밖으로 별들이 다 보였다. 미얀마는 여전히 군부독재의 그늘이 깊은데다 내전과 로힝족 등 소수민족 문제가 도사려있지만 그래도 간절한 소망처럼 별들은 빛나고 있었다.

7시간 동안 해발 1833m의 신따웅 산길, 캄캄한 비포장 굽잇길을 끝도 없이 달릴 때 차창 밖으로 마음을 주니 문득 은하수가 나타났다. 잠시 소피를 보겠다며 차를 세운 뒤 후다닥 삼각대를 세우고 3장을 찍었다. 나만의 '별나무' 사진 노하우가 있었으니 어둠 속에서도 신속히 카메라 수동 조작을 한 뒤 은하수와 나무 방향의 구도를 잡았다. 하지만 일행과 만달레이까지 워낙 먼 길을 가야했기에 겨우 5분 동안 3장을 찍고 돌아서야 했다. "미얀마에서 은하수를 다 찍다니!" 너무 아쉬웠지만 인증샷에 만족할 수밖에 없었다.

그리고 바로 그 다음날 찾아간 미얀마의 고아원 사가잉학교에서도 은하수를 만났다. 우리나라에서도 별나무 사진 한 장 시도하려면 다른 일정 젖혀두고 날마다 마음 졸이며 기상청 예보와 위성사진, 레이더 사진을 보며 한 달에 겨우 두세 번 정도 기회가 오는데, 이틀 연속이라니 정말 천시天時의 운이 좋았다.

그날 한낮에는 사가잉 아이들과 목공예와 바느질, 라면파티를 하고 한층 드넓어진 운동장에서 축구를 했다. 원래 일정에는 일행과 함께 숙소로 돌아와야 했는데, 해질 무렵에 문득 흐린 하늘이 맑아지기 시작했다. 내 마음은 바빠지기 시작했다. 혹시나 하고 사가잉 학교 주변을 둘러보았는데 바로 학교 뒤에 야자수 한 그루가 서있었다. 내가 오래도록 마음을 준 '별나무' 모델이었다.

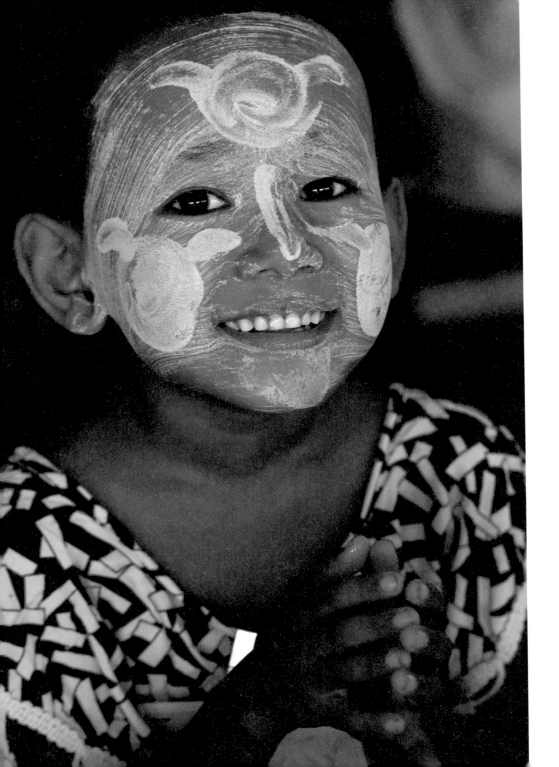

곧바로 진행팀과 상의를 했다. "은하수가 떠오를 것 같으니 나는 좀 늦게 나가겠다"고 언제 또 다시 미얀마 사가잉에 올지도 모르는 일, 내게는 정말 간절한 일이었다. 그리고 ㈜세상과 함께가 처음부터 가장 공들인 곳, 사가잉학교의 은하수를 담고 싶었다. 때마침 아이들에게 영화를 보여주는 일정이 남았으며, 밤늦게 진행자 3명을 태우고 나갈 차량이 있다고 했다.

나는 저녁을 굶으며 때를 기다렸다. 이윽고 무더위도 한풀 꺾이며 노을이 지자 진행자들이 아이들에게 만화영화를 틀어주었다. 나는 더 어두워지기를 기다리며 사가잉학교 주변을 어슬렁거렸다. 예상했던 바로 그 방향에서 은하수가 슬슬 또렷해지기 시작했다. 미얀마가 우리나라보다 더 남반구 쪽이니 11월 18일 밤하늘이 우리나라 9월의 은하수 모습이었다. 일행과 다시 합류해 차를 타야 했으니 내게 주어진 시간은 단 30분 정도였다.

학교 바로 뒤의 탑을 밝히는 빛 공해가 아쉬웠지만 야자수 위로 떠오르는 은하수 사진 몇 장을 담고 학교 주변 나무들을 찾아다니며 몇 장을 더 담았다. 사진을 찍는 순간만은 흰머리 '별소년'이었다. 마음은 아직 소년인데 어느새 흰머리가 더 많아졌을 뿐이니 열두 살의 '별소년'이 되어 은하수를 만났다. 그것도 미얀마의 야자수 아래서 말이다.

미얀마 야자수는 버릴 게 하나도 없는 소중한 나무다. 사탕야자수 혹은 공작야자수인데 탄htan나무 혹은 토디팜toddy palm이라 부른다. 이

298

야자수 꼭대기에서 채취한 수액은 여자들이 오전에 '정글주스'로 마신다. 오후까지 그대로 두면 발효되는데 우리 막걸리처럼 찹쌀가루를 섞어 발효를 촉진시키면 미얀마 전통막걸리인 탕예htan ye가 된다. 이 탕예를 다시 발효시켜 증류하면 탕어옛htan ayet이라는 미얀마 전통주가 된다. 알코올 35~40%로 안동소주와 비슷하다.

그리고 이 수액은 워낙 당도가 높은데 조청 만들듯이 끓여서 졸이면 갈색의 설탕이 된다. 정글주스와 술과 설탕으로 세 번의 변신을 하니 이 야자수는 미얀마의 '신비한 나무'로 불릴 만하다.

살다보니 미얀마 야자수를 배경으로 은하수를 다 찍어보다니! 한국에 돌아와 구글 검색창에 미얀마의 별을 찾아보았지만 제대로 된 별 사진 한 장이 없다. 아마도 너무 덥고 습한 우기의 날들이 많다보니 아예 별 사진에 대한 엄두조차 내지 않은 것 같다. 사단법인 '세상과 함께'의 인연으로 상상하지도 못한 '별나무-야자수 밀키웨이milky way'를 만났다.

반딧불이 혼인비행

지리산 애반딧불이 잔치가 서서히 막을 내리고 있다. 지난 5월말부터 밤 10시 전후의 혼인비행, 연노랑, 연초록의 황홀한 군무를 아무도 모르게 나 홀로 2년 동안 훔쳐보았다. 오지의 별빛과 반딧불이의 조우는 꿈결 같았다.

다만 올해는 달이 일찍 차오르는 바람에 5월말에 단 하룻밤만 별과 애반딧불이가 만났다. 다시 1년을 더 기다려야 한다. 8월 한여름의 늦반딧불이도 은하수와 마주칠 확률이 영 없지는 않지만 아쉽게도 늦반디는 깜-빡 까암빡 느리게 반짝이는 바람에 사진에 점이 아닌 연노란 선으로만 찍힌다. 애반딧불이는 좀 더 빨리 깜빡이니 연초록의 노란 점과 아름다운 선율을 동시에 보여준다.

반딧불이 암컷은 날개가 없다. 낮은 곳에서 풀잎이나 줄기에 매달려 공중으로 빛을 쏘아 올리는데 이를 보고 혼인비행 하는 수컷들이 어느 순간 더 큰 빛을 내며 날아든다. 하지만 수컷이 제 아무리 밝은 빛을 내며 달려들어도 모두 다 받아들이는 것은 아니다. 미국 터프츠대학 연구진에 따르면 "불빛보다는 가장 큰 정포精包를 가진 수컷을 선호한다"는 것이다.

정포에는 정자와 암컷을 위한 양분이 함께 들어있다. 수탉이 암탉 여러 마리를 거느리는 것과는 반대로 반딧불이 암컷 한 마리는 수십 마리의 수컷을 거느린다. 부계사회가 아닌 모계사회인 것이다.

짝짓기를 위해 날아다니는 것을 '혼인비행'이라 한다. 밤마다 혼인비행을 하는 저 반딧불이의 환한 불빛도 겨우 보름을 넘기지 못한다. 우화를 마친 반딧불이 성충은 곧바로 입이 퇴화하는 바람에 이슬 정도만 먹으며 번식을 위한 짝짓기에만 집중한다. 말하자면 혼인비행과 짝짓기가 남은 생의 절정인 것이다.

그리하여 반딧불은 한여름 밤 절정의 불꽃이다. 어쩌면 반딧불이처럼 잠시 이승을 날다 가더라도 생의 한 철 그리 나쁘지는 않을 것이다.

그런데 저 환한 반딧불이가 깜빡깜빡 불을 켜는 방식도 여러 가지다. 유월의 애반디는 1초에 세 번 정도 반짝이고, 운문산반디는 조금 더 느리게, 팔구월의 늦반디는 제일 길게 불을 켠다. 그러니까 어두운 곳에서 사진으로 찍으려면 장노출을 해야 하니, 애반디의 불빛은 작고 둥근 풍등처럼 보이지만 늦반디는 연초록의 궤적인 선으로 보인다.

오래 지켜보니 초여름 계곡의 애반디는 밤 10시 30분쯤 늦게 나오고, 늦여름의 늦반디는 초저녁부터 나온다. 그리고 서치라이트처럼 불을 쏘는 반디가 있다는데 나도 아직은 보지 못했다. 대마도에 있다고 하니 언젠가는 꼭 보고 싶다.

캄캄한 지리산 오지의 계곡, 나만 아는 비밀의 화원에서 반딧불이 군무를 보다보면 마치 극락이나 천국의 문에 들어선 느낌이다. 하지만 혼인비행을 마치고 짝짓기가 시작되는 순간 사위가 캄캄해진다. 5분에서 10분 정도 골짜기는 적막한 어둠에 휩싸인다. 그러다가 갑자기 수컷들이 날아오르며 혼인비행을 시작한다. 나도 막 따라서 날아오르고 싶어진다.

금강 상류나 제주도 청수 곶자왈, 무주 등의 애반딧불이도 나름대로 멋지고 유명하지만 별과 함께 담을 수 없다는 치명적인 단점이 있다. 지난해부터 혼자 상상하며 꿈꿔오던 은하수와 반딧불이 사진을 마침내 단 한 컷 제대로 담았으니 디테일이 살아있는 반딧불이와 은하수 사진은 최초일 것이다. 인사동 마루갤러리 초대 사진전인 '별나무'The starry Tree에서 처음 공개했다.

신작시집 두 권 출간에 이어 사진전 막바지 작업에 골몰했다. 별나무 찍는 것도 힘들지만 고르고 후보정하고 출력해보고 인화, 액자 맡기는 일도 만만치 않다. 하루 24시간이 모자라는 강행군이었다. 독학으로 혼자 북 치고 장구 치는 일은 '참어로' 어려운 길, 만약에 누가 시킨다면 맞아죽어도 못할 짓이다. 어쩌다 나의 혼인비행은 시와 사진이 되었다.

은하수와 만성 두드러기

인사동마루 갤러리에서의 〈별나무〉 사진전과 시집 출판기념회는 수많은 이들의 격려 속에 잘 마쳤다. 6개월 이상 무리했더니 온몸과 마음은 파김치가 되었다. 신작시집 두 권과 사진전 준비에 몰두하다 보니 서울에 가기 전부터 몸에 이상신호가 왔다. 온몸에 두드러기가 꽃처럼 피었다 졌다 하는 바람에 제대로 잠을 이룰 수 없었다.

더군다나 반가운 이들과 유목민에서 밤새 술을 마셔야 하는데, 내색도 못하고 너무 힘들었다. 병원에 들러 영양제도 맞아보고 간에 좋은 약과 처방전에 따른 약을 먹어도 온몸에 스멀스멀 두드러기 열꽃이 피었다. 인사동의 8박9일 동안 전시장을 지키면서도 그야말로 노심초사했다. 웃어도 웃는 게 아니었다.

다행히 대상포진은 아니었으니 나빠야 만성 두드러기일 뿐이라 여기며 버텼다. 혈액검사를 해보니 간은 비교적 건강하고, 혈압이 조금 높고 영양결핍이니 뭐든 많이 먹고 스트레스 없이 푹 쉬라는 처방이었다. 큰 병도 아니니 내게는 아주 멋진 처방이었다.

일단 좀 쉬었다가 할 일 잠시 미뤄두고 한동안 세워두었던 모터사이클 시동을 걸었다. 전남 영암까지 시원하게 달려가 새벽까지 월출산 은하수를 보았다. 구글 위성지도를 보며 미리 상상하고 한낮에 현장 답사를 해놓았던 터라 한밤중의 산중 저수지에서도 은하수 방향과 시각을 맞출 수 있었다. 영암과 강진의 불빛이 스며들어 선명하지는 않았지만 희미해도 은하수는 월출산 은하수였다. 잠시 눈을 붙이고 집에 들렀다가 바로 경남 합천의 황매산으로 달려갔다.

오래 지켜보았던 별나무들은 잎이 무성해지고 그 나무 위로 은하수가 선명하게 떠올랐다. 음력과 습도가 제대로 맞아떨어졌다. 주말이다 보니 별을 찍으려는 진사들이 많이 나타났다. 캄캄한데도 이따금 나를 알아보는 이들이 있었다. 언론에서 보았다며 '별나무'에 관심이 많았다.

몇 가지 노하우만 알려주고 더 이상은 입을 닫았다. 천년만년의 별빛 아래서도 마음만 바쁜 이들이 어둠 속으로 사라질 때까지 지켜보다가 비로소 삼각대를 세우고 딱 두 컷을 담고 철수했다. 여기 저기 강력한 랜턴 불빛을 마구 휘두르니 은하수가 마구 지워지는 것이었다. 황매산은 별 사진으로 워낙 많이 노출된 곳이지만 그래서 오히려 별을 담기가 더 어려워졌다. 더군다나 합천군의 황매산 철쭉축제 때는 산정에서 마구 빛을 쏘아대는 불빛 쇼를 하는 등 지자체의 한심한 일들도 벌어졌다.

그런데 한 이틀 정도 바이크를 타고 월출산, 지리산, 황매산의 은하수를 보았더니 감쪽같이 두드러기가 사라졌다. 제대로 별의 별의 별침을 맞긴 맞았던 것이다. 스트레스 확 날려버리는 별빛 내시경을 받고 별침까지 맞았으니 조금은 무리했지만 몸과 마음은 가뿐해졌다.

하지만 그렇다고 만성두드러기가 싹 가신 것은 아니었다. 그래서 만성인 것이다. 그동안 병원에도 가보고 처방전 약을 먹어도 두드러기와 가려움증 등이 쉬이 사그라지지 않았다. 그런데 참 어이없게도 4,500원짜리 지르텍이라는 약의 효과는 너무나 컸다. 아주 작은 알약을 하나 먹었을 뿐인데 순식간에 반점과 가려움증이 사라졌다. 콧물, 코막힘, 재채기, 가려움증에 효능이 있다는 항히스타민제의 일반의약품이 내게는 너무 잘 맞았다.

인터넷 검색을 하다가 우연히 보고 먹어본 것이다. 물론 임시방편이겠지만 효과는 탁월했다. 그동안 병원에서는 왜 이 약을 처방하지 않았을까. 3세대 항히스타민제인 씨잘은 전문의약품인데 환자가 요구하지 않으면 슬며시 빼놓는 것이다.

근본적으로는 식습관이나 체질 개선, 스트레스 등의 원인을 차근차근 해소시켜야 하겠지만 진작 하루에 지르텍 알약 하나만 먹었으면 서울 인사동의 일주일을 훨씬 더 잘 견뎠을 것이다. 아, 두드러기를 잠재우는 은하수, 그 별의 별침은 지르텍이었다.

지리산 살이의 한 매듭을 지으며 신작시집 『달빛을 깨물다』, 『그대

불면의 눈꺼풀이여』를 내고 이어 〈별나무 사진전〉까지 열었으니 이제 남은 생에 대한 고민이 깊어졌다. 고향 20년, 도시 타향살이 15년, 지리산 23년, 이제 다시 새로운 길을 도모할 때가 왔다. 모든 일이 그렇듯이 시작하기도 어렵고 끝내기도 어렵다. 하지만 초심으로 여여하다면 그 무슨 일, 그 어느 곳이 두려울까. 일단 촌두부처럼 내 몸과 마음부터 다져야겠다.

시여, 그러나 나는 아직 너를 모른다

내 생애 유일한 신神은 시詩였고, 시는 곧 가시 같은 것이었다. 밤마다 아프게 콕콕 찌르는 신이 시요, 시가 가시였다!

짐짓 모른 체 돌아누워도 옆구리를 콕콕 찌르고, 벌떡 일어나 풍찬노숙의 먼 길을 걸어도 티눈처럼 돋아나 발가락을 콕콕 찌른다. 바깥에서 나를 찌르는 이물질인가 하면 그것도 아니고, 내 몸 속에서 아직 살이 되지 못한 뼛조각 같은 것인가 하면 그것도 아닌, 그러나 나는 아직 이 가시의 맨 얼굴을 본 적이 없다.

그리하여 나는 자주 나의 문학적 첫 마음이자 유일한 스승인 고향 하내리의 맹인 김씨 아저씨를 떠올릴 수밖에 없다. 그는 내게 아무것도 가르친 게 없지만 나는 두고두고 너무 많은 것을 배웠다.

산촌 하내리의 겨울밤

자정 넘어 함박눈 내리면

먼저 아는 이 누구일까

제아무리 도둑발로 와도

먼저 듣고 아는 이 누구일까

온 마을 길들이 덮여

문득 봉당 아래 까무러치면

맹인 김씨 홀로 깨어 싸리비를 챙긴다

폭설의 삶일지라도 살아온 만큼은 길 아니던가

밤새 쓸고 또 쓸다보면

맹인 김씨 하얀 입김 따라 열리는 동구 밖

비록 먼눈일지언정

깜박이는 눈썹 사이 하내리의 아침이 깃들면

맨 먼저 그 길을 따라

막일 나가는 천씨의 콧노래

등교하는 아이들의 자전거 페달 밟는 소리

비로소 맹인 김씨 잠을 청한다

졸시 「맹인의 아침」 전문

돌이켜보면 유년 시절의 나는 맹인 김씨의 안 보이는 눈을 얕보았던 게 분명하다. 안 보이면 곧 모르는 것이라 믿었던 것이다. 대여섯 살 때부터 맹인 김씨 아저씨의 구멍가게를 들락거리며 과자를 사는 척 검은 포도 알을 몰래 빼먹는 등의 도둑질을 했으니 말이다.

　그러나 돌이켜보면 맹인 김씨 아저씨는 하내리의 모든 것들을 알고 있는 유일한 사람이었다. 아무리 숨을 죽이고 살금살금 다가가도 내 어린 발자국 소리를 읽어내고, 검은 포도 알을 빼먹는 어린 도둑의 콩닥콩닥 뛰는 심장 소리마저 다 읽으면서도 모르는 척해주던 맹인 김씨, 그는 날마다 하내리를 훤히 들여다보는 신 같은 존재였다.

　안 보이는 눈으로 마을 사람들의 목소리, 그 성문들을 나름대로 완벽하게 읽을 뿐만이 아니라 목소리 톤만으로도 그날 그 집안의 길흉화복을 읽어내고, 누구의 자전거 페달 밟는 소리인지, 누구의 경운기 소리인지 모두 알았으니 맹인 김씨의 안 보이는 눈을 통해 하내리의 하루하루가 빠짐없이 필사되었던 것이다.

　그리하여 산촌 하내리의 한겨울 한밤중에 소리 없이 함박눈이 내려도 가장 먼저 아는 이가 바로 맹인 김씨인 것은 당연한 것이었다. 그러나 문제는, 함박눈이 내린다는 사실을 누구보다 먼저 아는 것도 범상한 일이 아니지만 더 중요한 것은 먼저 안 뒤에 무엇을 하느냐가 아닐 수 없다.

　맹인 김씨는 모두가 잠든 밤에 빗자루를 들고 나와 새벽이 올 때까지 동구 밖까지 눈을 쓸고 또 쓸었던 것이다. 이른 아침에 먼 길을 나가는 누군가의 시린 발을 생각하며.

　나는 아직도 스무 살 무렵에 엿보았던 그 겨울밤을 잊지 못한다. 벌떡 일어나 빗자루를 들고 김씨 아저씨를 따라 함께 눈을 쓸 것인가, 이대로 지켜만 볼 것인가 결정하지 못하고 어정쩡하게 밤을 꼬박 지새운 그 겨울밤을 도저히 잊을 수 없는 것이다.

　그리하여 시를 쓰기 시작한 지 35년이 넘도록 나는 여전히 시 창작의 방법론보다는 시인의 자세 혹은 시 창작의 태도에 대해 생각하고 또 생각해보는 것이다.

　시인의 자세 혹은 시 창작의 태도는 엿보기인가, 맹인 김씨의 예감인가, 예감과 실천의 암수한몸인가를 두고 나는 여전히 우왕좌왕하는 둔재로 살아왔다. 사실 그동안 엿보기도 잘 되지 않았을 뿐더러 워낙 둔감했으니 예감마저 외면하거나 믿으려 하지 않았다. 다만 그 결핍의 와중에도 온몸을 구겨 넣으며 실천하려고 애를 썼을 뿐이다. 안타까운 일이지만 이 또한 어쩔 수 없는 노릇이니 그저 이를 두고 시대정신이라 믿었다.

　문학적 결실은 미미했으나 그래도 예까지 오는 길은 나름대로의 진흙탕과 가시밭길이었다. 세상의 부름에 어깨를 걸고 장구를 치고 춤을 추며 돌을 던지느라 10년을 보내고, 그 사이 죽거나 떠나간 이들을 생각하며 목을 꺾고 무릎을 꺾고 자책의 묵념을 하느라 10년을 보냈다. 말하자면 부조리한 세상에 맞선 투쟁의 상상력과 절망의 상상력에 초점을 맞춰 온몸의 더듬이를 곤두세우던 시절이었다.

그러한 답답한 시절들과의 단절이 바로 지리산행이었다. 어언 23년 전, 삼십대 중반의 아직 팔팔한 나이에 입산이라니! 당시의 혈기가 아찔하기도 하지만 그야말로 거침이 없는 무애의 날들이었다. 욕을 먹고 돌을 맞더라도 문득 모든 것을 내려놓고 '정신이 쏠리는 대로' 살아보고자 했으니, 일단 내 생애 단 한 번의 원은 이룬 셈이다.

　　참매를 키우던 어린 시절의 고향, 맹인 김씨의 하내리를 떠난 뒤 절과 대학과 광산, 그 어느 곳에서도 채 3년을 넘기지 못했다. 서울살이 또한 노동해방문학과 민족문학작가회의와 언론사 등 현장을 전전하며 간신히 딱 10년을 견뎠으나 그마저 지리산행의 전주곡에 불과했던 것이다.

　　그리하여 결행한 세상과의 단절 혹은 무책임은 뒷골이 서늘한 해방감이었다. 그러나 해방은 해방이되 참회의 내용과 형식마저 외면하고 그저 산짐승처럼 살고픈 생존본능의 오감과 더불어 그동안 거세되었던 육감을 되살려보려는 '지리산 고아'로서의 처절한 해방감이었다.

　　내리 3년 폐가를 전전하며 상처 입은 산짐승처럼 스스로 치유하며 살다보니 어느새 업보인 '제1의 화살'은 등에 박힌 채로 서서히 삭아 그대로 한 몸이 되었다.

　　그러나 문득 고개를 들어 휘휘 둘러보니 피할 수 없는 '제2의 화살'이 날아오는데 이를 또 어찌할 것인가. 지리산에서 생의 한 철 잘 놀았으니 그 빚을 조금이라도 갚는 심정으로 벌떡 일어나 걸을 수밖에 없었다.

그리하여 다시 환경운동을 하는 지리산 지킴이를 자처하고, 토벌대와 빨치산 형제를 둔 어머니의 심정으로 정화수를 올리듯 '지리산 위령제'를 지내기도 했다. 수경 스님과 도법 스님과의 인연으로 지리산과 낙동강 도보순례와 새만금 삼보일배, 생명평화 탁발순례와 대운하반대 생명의 강 순례, 오체투지 등 세상의 크고 작은 일들을 함께 했다.

그러고 보니 내게 있어 문학은 언제나 이전이 아니라 이후였다. 시는 눈앞에 있는 게 아니라 돌아보면 한참 뒤에서 발자국 위에 미아처럼 쪼그려 앉아 있었다. 내 삶의 전위부대는 시가 아니라 물집 잡히는 발바닥 아니면 바람 속으로 내달리는 모터사이클이었다.

지리산에 와서 뭔가 한 게 있다면 그것은 단지 많이 걷고 많이 달리는 것이었다. 한반도 남쪽 곳곳을 줄잡아 3만 리 길을 걸으며 세상사 안부를 묻고, 또한 모터사이클을 타고 110만km 이상을 달리며 세상사 두두물물에게 눈인사라도 했으니 거리상으로 지구 25 바퀴 이상을 돈 셈이다. 마침내 국도와 지방도 어디든 안 가본 곳이 없는 '인간 내비게이션' 수준이 되었다.

날마다 이곳저곳 걷거나 혹은 달리면서 속도와 반속도의 경계를 넘나들고, 비 오면 비 맞고 바람 불면 바람의 정면으로 달리거나 혹은 측면의 바람에 온몸을 기대는 일이 어찌 시를 쓰는 일과 다르겠는가.

세상사 위험하지 않은 일은 없으니 삶의 급격한 경사를 만나면 내 몸과 마음도 그만큼의 긴장을 팽팽히 유지하고, 코너를 만나면 또 그만큼의 기울기로 유연하게 내 몸을 던져야만 비로소 죽지 않고 살아서 돌아나갈 수 있으니 이보다 더 절절한 시창작의 태도를 나는 아직 알지 못할 뿐이다.

다만 가더라도 머리가 먼저 가면 교만이라는 지식의 올가미에 걸리기 쉽고, 또 가슴이 먼저 가면 격한 싸움 뒤의 우울증에 빠지기 쉽다. 가더라도 먼저 발이 가고 온몸이 가고 머리와 가슴이 뒤따라가야 하는 게 아닌가. 모르긴 해도 아마 행선行禪의 원리 또한 이와 다르지 않을 것이다.

눈을 들어 먼 곳을 탐색하기보다는 맹인 김씨처럼 한 걸음 한 걸음 발바닥에 집중하는 것, 천천히 아주 천천히 이렇게 걸어보면 발바닥 아래 풀씨가 꼬물꼬물 움트고 마침내 발자국마다 꽃이 피어나리라 믿어 의심치 않는 것이다.

노숙자 아니고선 함부로
저 풀꽃을 넘볼 수 없으리

바람 불면
투명한 바람의 이불을 덮고
꽃이 피면 파르르
꽃잎 위에 무정처의 숙박계를 쓰는

세상도처의 저 꽃들은
슬픈 나의 여인숙

걸어서
만 리 길을 가 본 자만이
겨우 알 수 있으리
발바닥이 곧 날개이자

한 자루 필생의 붓이었다는 것을

졸시 「족필(足筆)」 전문

날마다 겨드랑이가 아닌 발바닥이 간질간질 가렵다.

나는 그동안 108마력의 슬픔으로 이 세상을 걸어서 왔다. 볼 것 안 볼 것 다 보았으니, 이제 남은 일은 내가 걷고 달려온 길 위에 쭈그려 앉은 나의 시들에게 좀 더 다정하면서도 날카로운 악수를 건네는 것이다. 예감컨대 내게도 참한 벗 하나 생길 것도 같다.

온 몸이 한 자루 붓이 되어 지리산에 그 둘레가 850리인 동그라미 하나 그리고, 1년에 단 한 글자 밖에 쓰지 못한다 한들 어찌하겠는가. 매일 가는 길도 이렇게 처음 가는 길이라면 날마다 꽃길이 아니겠는가. 가다가 돌아보면 어느새 지나온 길이 아득하고, 사람의 걸음걸이가 마치 날아온 것처럼 엄청난 속도의 비보飛步였다는 것을 실감하게 될 것이니, 탐진치에 걸려 나자빠지지 않는 무애의 길 위에서 돌아보면 발바닥이 곧 날개요, 한 자루 필생의 붓이었다는 것을 깨닫게 되지 않겠는가.

그러나 문득 고개를 들어 휘휘 세상을 둘러보노라면 여전히 만만치 않다. 그리하여 더더욱 리우 환경회의의 선언은 문학적으로도 여전히 유효한 것 같다. '전 지구적으로 생각하고 지역적으로 실천하라.' 나는 이 한마디와 "네가 아프니 나도 아프다"는 유마거사의 말을 경전으로 삼아 환경운동을 넘어 생태주의로, 그리고 마침내 생명평화운동으로의 전환을 시도했다. 물론 문학적인 위치적 기반 또한 지리산으로 고정해 놓고, 지리산의 푸른 눈으로 세상을 들여다보려고 애를 써보는 것이다.

그리하여 세계일화世界一花를 날마다 지금 바로 여기에서 확인하고 증명하는 그 지구적 상상력의 신神, 날마다 밤마다 가시처럼 콕콕 쑤시는 시의 맨 얼굴이 아직은 잘 보이지 않지만, 다만 그를 향해 서두르지 않고 맹인 김씨의 자세로 아주 천천히 걸어 가보는 것이다.